韓国の小説家たち Ⅰ

クオン インタビューシリーズ 01

イ・ギホ

ピョン・ヘヨン

ファン・ジョンウン

キム・ヨンス

クォン・ヨソン

〔聞き手〕

ノ・スンヨン

チョン・ヨンジュン

〔訳〕

呉永雅

きむ ふな

斎藤真理子

清水知佐子

橋本智保

CUON

クオン インタビューシリーズ 01

韓国の小説家たち I

目次

本書は、韓国の文芸誌『Axt（アクスト）』（ウネンナム、隔月発行）に掲載されたカバーストーリーのうち、邦訳作品が刊行されている小説家5人のロングインタビューを収録したものである。

違う存在の声

イ・ギホ

文 ノ・スンヨン 写真 ペク・タフム

　『Axt』の編集会議が開かれた。次のインタビューイーを決めるときが来た。

「誰にインタビューしたい？」

　今回のインタビューを担当することになった私は、前回、候補に挙がっていたＪさんにすると言った。ところが、編集委員のペク・カフムと編集長のペク・タフムが目で合図したかと思うと、またイ・ギホさんの名前を出した。

「タイミング的にはイ・ギホさんだけど」

　とんでもないと思った。「イ・ギホさんの本は一冊も読んでないんだ。だったら、ヨンジュンにやらせよう。ヨンジュンがやらないって言ったら俺がやるよ」

　タフムが、（大学の講義のために編集会議に出られなかった）編集委員のチョン・ヨンジュンに電話をかける。「お前、できないだろう？　そうだよな。わかった」

　"シナリオ"というものがあったとしたら、私を除いた３人はそのシナリオ通りに演技していたに違いない。最初からイ・ギホさんにするつもりでいながら、私の意向を聞くふりをしたのだ。

　しぶしぶ承諾して家に帰る途中、気になり始めた。

　（いったい、どうしてみんなイ・ギホさんにインタビューしたがるんだ？）

　図書館で検索すると、短編集『チェ・スンドク聖霊充満記』、『誰にでも親切な教会のお兄さんカン・ミノ』、『おろおろしてるうちにこうなると思ってた』、『キム博士はだれなのか』、長編小説『謝るのは得意です』、『舎弟たちの世界史』、掌編小説集『たいていのことはへっちゃらだ』、エッセイ『独狐多異』、家族小説（というが私が見るにエッセイのような）『三つ子の魂夏まで』がヒットした。たくさん書いたもんだな。と

りあえず、あるだけ全部借りた。

『誰にでも親切な教会のお兄さんカン・ミノ』を開いた。最初の作品「チェ・ミジンはどこへ」から普通じゃなかった。周りの人たちにイ・ギホの小説を読んでいると言うと、みんな「イ・ギホ、ほんとに面白いですよね」という反応だった。

（こんな小説を俺は知らなかったのか？）

2018年10月8日（月）の午後3時、梨泰院にあるビューティーショップ＆サロン、イソップサウンズ漢南。先に着いてイ・ギホさんを待つ。一度も会ったことがないうえに、電話やメールのやりとりもしたことがない。つまり、そのとき私が知っていたイ・ギホは、一作家としてのイ・ギホだった。子どものころ、近所の先輩や友だち、ごろつきたちに殴られてばかりいた、小柄な小心者。その代わりに独特のユーモア感覚を発達させた気の毒な人……。それはとんでもない勘違いだった。背はすらりとしていて、優しそうな目元、機関銃のように次々と飛び出す達弁。

（俺とは共通点が一つもないじゃないか）

今日のインタビューは一筋縄じゃいかないぞと思った。

『誰にでも親切な教会のお兄さんカン・ミノ』（イ・ギホ著、斎藤真理子訳、亜紀書房）（左）
『舎弟たちの世界史』（イ・ギホ著、小西直子訳、新泉社）（右）

ウォーミングアップ

ノ・スンヨン（以下、ノ） あなたと私の接点は何だろうと考えてみたんですが、これと言ってないみたいで、あなたの作品の中でいちばん共感したのは、「家族小説」と謳われている『三つ子の魂夏まで』でした。30代の既婚男性の家庭の話ですが、いま、お子さんは何人ですか。

イ・ギホ（以下、イ） 小学5年生と3年生と1年生の3人です。

ノ 私は下の子が小学5年生、上の子が中学3年生で、2人とも男の子です。

イ ああ、それはたいへんそうですね。

ノ あなたの作品を読みながら、ちょっと気後れしました。子どもが私より一人多いうえに娘さんまでいるなんて。

イ 気後れするも何も。

ノ 私がヨンジュンを高く評価する理由でもあります。

チョン・ヨンジュン（以下、チョン） ああ、どう反応していいやら。

ノ （ちょっと事情聴取みたいな口調で）本の中に、奥さんに大学院に行かせてやると約束したのに、3人目ができてしまったという話が出てきます。その後、どうなりましたか。

イ 妻がやりたいのは児童文学の研究なんですが、いま住んでいる所の近くで、大学院で児童文学を研究できるのはうちの大学（光州大学）しかありません。だから、ずいぶん悩んで、妻にこう言いました。僕が勤めている大学だけど、それでも入学するつもりなのかって。そしたら妻が、まさかって言うんです。家でも顔を合わせるのに大学に行ってまでっ

て。そうなると、ソウルまで行くしかないのにと思っていた
ら、それは妻の方が無理だって言うんです。それで、結論は
と言うと、光州で作家さんたちと一緒に児童文学の勉強会を
している人たちがいるんですが、いまそこに入って3年ほど。
そういう展開になりました。

ノ　奥さんはいまも仕事をされているんですか。

イ　家で近所の子どもたちを教えています。

ノ　（寝る前に子どもたちに昔話を聞かせてあげるのが理想の父親像
で、ストーリーテラーの才能がある小説家に会ったら必ずその秘訣を
聞く。そのためにはまず、確認すべきことがある）子どもたちとは
一緒に寝ますか。

イ　最近、上の二人はそれぞれ別に寝ていて、いちばん下の
娘だけ妻と一緒に寝て、僕は別に借りている仕事部屋で寝る
ことが多いです。家で寝るときは、妻と娘が夫婦の寝室で寝
て、僕は娘の部屋で寝ています。

ノ　私が本の中で注意深く読んだのは、子どもたちが寝る前
に昔話をしてあげるという箇所です。私も子どもを寝かしつ
けなければならなかったころ、お話を作って聞かせてやって
たんです。作家は、そういうお話にどんな要素が必要かを
知っているから面白く作れると思うんですが、私はそれがわ
からなくて苦労しました。経験者にノウハウを教えてもらい
たいと思いまして。

イ　僕が作った話もありますけど、読んだ小説を子どもバー
ジョンに置き換えることも多いですね。僕も作家ですが、支
離滅裂ですよ。だけど、支離滅裂な方が子どもは早く寝ま
す。面白くてはだめで、スーパーヒーローが出てきてはだめ
で、うんちの話もだめです。子どもを早く寝かせたければで
す。でも、いまはもうほとんどしていません。話の途中で僕

が先に寝てしまうことが増えて……。それぞれ自分のベッドで寝ています。

ノ　父親離れが早いですね。私は息子たちが小学4年のときまで一緒に寝ていました。

イ　子犬が1匹いるんですが、まだ飼い始めて間もなくて。僕の役割を子犬がかなり分担してくれてます。だから、子どもたちは父親をそんなに求めない。

ノ　犬を飼うのは初めてだそうですが。

イ　犬の代わりにカメが何匹かいて、熱帯魚も何匹かいて、カブトムシが何匹かいたんですが、熱帯魚とカメを飼うのは、父親としてとてもたいへんことです。1週間に一度水を換えて、水槽も洗わなければなりません。そのうち、熱帯魚が何度か死んでトラウマになって、このまま熱帯魚を飼いつづけていてはしょっちゅうお葬式をするはめになると思い、犬を

飼うことにしたんです。子どもたちが望んでいたことでもあるし。それ以来、家に帰ると、ここはこの世かジャングルなのか、と思ったりしますが。

ノ　私は猫を1匹飼っています。

イ　インタビューのたびに聞かれるのが子どもに関することです。僕と同年代の韓国の作家は子どものいない人が多いじゃないですか。そのせいで子どもについてよく質問されるんですが、ときどき妻とこんな話をします。子どもが一人もいなかったら僕たちの人生はどうなってただろうか。一人しかいなかったら僕の生き方はどう変わってただろうかって。だけど、妻と僕と二人きりなんて想像もできない。子どもがたくさんいることが僕の人生の条件なのかもしれないな。特別だと思ったこともないし、つらいとも思いません。

ノ　『三つ子の魂夏まで』がわが家の状況とよく似ていて面白かったのですが、正直言って、私以外にどんな人がこの本を好んで読むのだろうと思いました。たくさん売れましたか。

イ　初版程度ですよ。実は、『良い考え』という雑誌に連載した文章なんです。『良い考え』というのは、EBS（韓国教育放送公社）みたいな性格の雑誌なんですが、明るくて温かくて健康的な話をたくさん掲載しています。刑務所のようなところに毎月届けられる雑誌でもあります。出版社から提案があったんです。以前、作家の崔仁浩さんが『泉のほとり』に書いていた『家族』という小説がありました。30年にわたる連載小説で、僕にもそんな感じで30年連載してくれと言われたけれど、根気がなくて4年でやめてしまったんです。『良い考え』は、近くの美容室とか病院に置かれているんですが、近所の人たちにうちの家族のことがすっかり知れ渡ってしまって、僕も驚きました。こんなの誰が読むんだろうと

思ってたけど、出版社からこれを本にしたらどうかって提案
があって、出版社の方が尽力してくれて１万部以上売れた
と聞きました。

ノ　イ・ギホさんの本を読んでいると言ったら、周りの人
たちが「イ・ギホってほんとに面白いでしょ」って言うん
です。一人や二人じゃないんです。以前はそんな反応はな
かったのに。

イ　問題作だ。作品性がずば抜けている。そんな話を聞きた
いけど（笑）。

　　　短編「悪い小説」には、「あなた」がユン・デニョン
　　　の小説の主人公のように、汽車の向かいの席に座った
　　　女性に「あの、どこまで行かれるんですか」と聞いて
　　　恥をかくという場面が出てくる（『おろおろしてるうちに
　　　こうなるだろうと思ってた』26〜27頁）。いや、出てこな
　　　い。「あなた」は僕だが、僕にはそんな経験はないか
　　　ら（どういう意味かわからない方は本をお読みください）。見
　　　方によってはユン・デニョンさんをパロディ化したと
　　　も取れるので、彼がどういう反応をしたかが知りたく
　　　なった。

ノ　ひょっとして「悪い小説」を書いたあとにユン・デニョ
ンさんに会いましたか。

イ　一度お目にかかりました。それが初めてだったのですが、
ユン・デニョンさんは李孝石文学賞の審査員で、そのとき僕
は賞をもらいました。実は、「悪い小説」を書いてから、何
か失礼なことをしたような気がしてたんです。作家の名前を
実名で書くときは相当慎重になるべきなのに。いまなら多分、

あんなふうには書かないと思います。当時、あの小説を書いたときは、僕にとって単なる象徴だったんです。ユン・デニョンという象徴。だから、おそれを知らずに書いた。申し訳ない気持ちでユン・デニョンさんに会ったんですが、快く隣の席を勧めてくれました。

ノ 「悪い小説」で言及されていることはご存じだったんですよね？

イ はい。僕が本を送りましたから。それほど、当時の僕は何もわかってなかったんです。ただ、ユン・デニョンという作家の持つオーラについて書いた。それがすべてでした。

ノ 彼は、あなたにとってどんな存在でしたか。

イ 当時、ユン・デニョンさんを好きな人はかなり多かった。それだけに、羨ましくもありました。実際、ユン・デニョンさんの小説に出てくる登場人物と同じ旅程で旅をしたこともありました。僕にとっては、単なる作家ではなくお手本でした。

ノ あなたの小説を読むと、四字熟語が思い浮かぶんですが、（後ろを振り向いて）おい、頭に浮かぶ四字熟語はないか？ ああ、因果応報に苦尽甘来か。よし、これ、インタビュー原稿で使おう。

イ 『独孤多異』も読んだんですか。ほんとに誠実な人ですね。手に入りにくい本なのに。それで、四字熟語のことを聞いたんですね。その本は、わざと絶版にしたんです。出版社がちょっと失礼だったもんだから……。僕はもともとそんな性格じゃないんですが、頭に来て。ほかの出版社から再刊行する準備をしています。

ノ ヨンジュン、君には育児本の依頼はなかったのか？

チョン そんな依頼はないですよ。童話を書いてみないかと

いう提案を受けて何年か書いたことはあるけど。

イ　童話を書くのは簡単じゃない。僕の場合は、あちこちで言いふらしたんです。著者あとがきにも書き、エッセイ集にも書き……。とにかく、あいつは文壇では珍しい子だくさんの父親なんだな、そんな認識を植え付けたわけで、チョン君はそんなことを大げさに言いふらしたりしなかっただけ。

チョン　大げさに言いふらすも何も、機会がなかっただけです。

イ　コラムやエッセイを書くときもそんな話をいっぱい書いて。

チョン　言いふらす必要もありませんでした。すでにみんな知ってて。ところで、どうして四字熟語のことを聞いたんですか。

イ　『独孤多異』に出てくるんだ。

ノ　あとで、見せてやるよ。とてもいい。ものすごく適切な四字熟語だ。

チョン　それって、一種の心理テストみたいなやつ？

イ　そんなところかな。

チョン　何に関する心理テスト？

　　　　　『独孤多異』にこんな一文がある。「無意識に思い浮かべる四字熟語がその人の恋愛観なんだって。友だちの言葉に何人かの顔が真っ青になった」（189頁）。この一文を読んで、『Axt』の編集委員の恋愛観が知りたくなって聞いてみたのだ。プライバシー保護のため、誰がこの四字熟語を思い浮かべたかは伏せておく。

小説家イ・ギホの人生

ノ　四字熟語の意味は、本が再刊行されたら確認することにして、次の話に移りましょう。あなたのこれまでの人生についてうかがいたいと思います。子どものころ、しょっちゅう殴られていたそうですが。

イ　中学、高校のときです。殴られてたって言うと、父親に殴られてたと思うみたいで。

ノ　私もほぼ同世代で、先生に殴られた記憶がありますが、私をとてもかわいがってくれる先生でした。悪いことをして罰を受けるとき、何発かと聞かれて 100 発お願いしますと言ったら、先生があわてて。

イ　そのころから個性的だったんですね（笑）。

ノ　わかりません。どうしてそんなことを言ったのか。口をついて出たんです。罰を与える先生の方がたいへんそうだったのを覚えています。

イ　その先生もなかなかですね。

チョン　だけど、そんなに殴られたら、どこか体を傷めてしまうのでは。

ノ　殴られたというより、ものさしで叩かれたから。

イ　だったら、血行が良くなって頭にもいい。

ノ　先生だけでなくて、近所のチンピラ、先輩、友だちまでが徒党を組んで殴って弱い者いじめをしてたけど、どうして子どもたちはつるんでほかの子どもを殴るんだろうか。

イ　（笑）当時は、そうですね。考えたこともなかったけど、ちょっと悪ぶりたかったのかもしれないし、ものすごく俗物的に考えると、面白かったからだともいえるかもしれない。

集団で殴っていじめる行為が、彼らのロマンをある程度満たしてくれる面もあるから。男ってそういうところがあるじゃないですか。人間ってもともと、そうだし。

ノ　私は釜山の中学、高校を卒業したんですが、釜山もかなり激しい所です。高校のときは、すでに暴力団に入っているやつもいて。だけど、学校の中では、いったん序列が決まってしまえば秩序が保たれるもんなんです。だから、あなたがそんなにしょっちゅうやられてたっていうのはおかしいなと思うんですが。

イ　原州という人口10万の中小都市は、釜山やソウル、大邱、光州のような大都市とは違って、何か新しい組織や問題が発生すると、たちまちうわさが広がります。それだけに、影響力が強いですし。そのうわさのせいで、子どもたちの縄張り争いみたいなものも非常に激しく展開される。序列がごちゃごちゃしてたんですね。みんな、それぞれに序列を決めて。だから、僕みたいに何度もやられる被害者が次々と出てくるんです。僕が特別な経験をしたわけではない。ときどきではなく、ほんとにしょっちゅうやられてました、僕は。

チョン　パシリみたいなものですか。

イ　そういうのでもなく、ほんとに変だった。勢力をふるうために、とんでもなく幼稚なまねをしていた。原州にはそんなにたくさん学校はなかったけど、あっちの学校の不良のリーダーがこっちの学校のリーダーをねじ伏せるために、集団でけんかを仕掛けてきたり、学校の中で事件が起きたり。その最中に巻き添えを食ってやられたりもして。そうしてまた、仲良くなったりもする。

ノ　あなたは存在感のない生徒ではなかったと思いますが。

イ　そうだけど、だからといって、目立つわけでもなかった。

どれだけ熱心に教会に通っていたことか。ただ、親しい友だちは多かったですよ。不良のリーダーから目立たない子まで。

／　本にするために多少誇張した部分もありますか。

イ　はい。自伝小説*という形で書きましたが、大げさに書いた部分も多いです。再現した部分もありますが、自分の記憶をすべて信じることもできないし、誇張もしました。その話を通じて伝えたいことがあったから、たくさん省略もしました。

／　それが、かなり共感を得たみたいです。同情もして。原州には高校卒業まで住んでいたんですか。

イ　はい。高校まで。原州というのは、いまもそうですが軍事都市で、何か特産物や名所があるわけでもなく、イメージが曖昧です。だからなのか、けんかも多いし、人々も敏感です。民主化運動も盛んだったし。

／　ソウルに来て、カルチャーショックを受けたに違いないですね。

イ　相当ショックでした。ソウルも原州も同じだと思ってたけど、いまもはっきり覚えてます。大学に入った年の４月に大学路（テハンノ）に行って演劇を観たんです。生まれて初めての演劇でした。小劇場で。ひざが届きそうな至近距離で俳優がつばを飛ばしながらセリフを言うんですが、あまりの衝撃に全身が麻痺したようにぴりぴりしびれました。その衝撃のおかげで４年間、演劇をするはめになって。大学の演劇芸術研究会に入ったんです。そこで活動しながら、最初に受けた衝撃がかなり弱まったりもしたけど、それでも卒業するまでつづけました。卒業のころには、大学路で活動してる先輩を通じ

*　『謝るのは得意です』（現代文学）

て劇団を探し回ったりもしました。演技がだめならスタッフ
としてでも入りたい。そんな考えもちょっとあって。でも、
それはかないませんでした。最後まで踏みきれなかったんで
す。両親もちょっと心配していたし。それで、その年に初め
て大学院生を募集した明知大学に願書を出して入学しまし
た。20代は本当に二つだけでしたね。演劇と小説。それが
大学院に入って一つになったわけです。

ノ　作家になるのにものすごく時間がかかったと聞いていま
したが、その間に演劇をしてたんですね。

イ　28歳でデビューしましたから、早いといえば早い方で
す。僕がデビューしたころは、キム・ギョンウク、キム・ヨ
ンスといった先輩作家が21歳でデビューしていました。あ
のころは、みんなそんなに早熟だったのかな。それとも、す
ぐれた才能を持っていたんだろうか。とにかく、僕と一緒に
勉強会をしていた後輩たちの中にも、僕より先にデビューし
た人が多かった。僕も、本審査に残れば希望を持てるんだけ
ど、それも敵わないし、先生にもしょっちゅう、お前は作家
になれないって平気で言われたりして。だからすごく迷いま
した。演劇をつづけてた方が良かったんじゃないかって。

ノ　デビュー前に書いていた作品も『チェ・スンドク聖霊充
満記』みたいな作風でしたか。

イ　いいえ。あれは窮地に陥って書いた作品で、それ以前は
ほかの作家のまねをしていました。ユン・デニョンさんの小
説もまねしたし、シン・ギョンスク（申京淑）さんみたいに書
いたりもしたし。とんでもないことをしてたわけです。自分
の色を出せずに、何を書くべきなのか、なぜ書こうとしてい
るのか、そんなこともわからないまま、ただ小説家としてデ
ビューしたいという欲望だけを持っていたような気がします。

ノ　文芸創作科に進む前に、もの書きになろうと決心した きっかけがあるかと思います。何かで読んだのですが、お母 さんが文学全集を買ってくれたそうですね。私も小学4年 生のときだったか、セールスマンが教室に本を売りに来た ことがあって、エイブ文庫という88巻のセットを買っても

らってむさぼり読んだ記憶があります。

イ　僕も同じです。母が買ってくれた韓国文学全集と、叔母 が就職に備えて買ってあったハングルのタイプライターが1 台。それがすべてでした。僕は、そのタイプライターで、韓 国文学全集をダダダっとほとんど全部打ったんです。何が僕 を小説へと導いたのか、ずいぶん考えましたが、その文学全 集とタイプライターの影響が大きかったのは確かです。高校 のころからだんだん勉強しなくなって、そうすると、誰に言 われたわけでもないのに、小説を書いていました。生まれて 初めての小説です。うちの隣に、タクシーの運転手さんが一 人で住んでいて、その人のことを書いたら、それを読んだ国

語の先生が褒めてくれたんです。お前は何も得意なことがないと思っていたけど、これだったのかって。その言葉に励まされたみたいです。文芸コンテストに出たり、文芸部に所属したこともないのに、その言葉がなぜかずっと忘れられなくて。そういうのって、力になりますよね。

ノ　子どものころから文才があったんですね。

イ　それはまったくなくて、ただ本をたくさん読むには読みました。だけど、ほかの人と同じレベルで、ずば抜けてたくさん読んだとか、そういうわけではありません。

ノ　そのときのタクシー運転手の話が『舎弟たちの世界史』に描かれてるんですね。

イ　いいえ、別の作品です。当時、タクシー運転手が会社に納めていた「上納金」の話がショックだったんです。子ども心にも。「上納金」問題とタクシー会社の不条理に関する話を小説として書きました。最後は、ちょっと1940年代のチェ・ソへの小説風に終わります。民衆蜂起に近い話でした。

ノ　そういう社会意識を持つようになったのは、本のおかげでしょうか。

イ　そうだと思います。ただ、それだけのことです。昔の作家は、家族が離ればなれになったり、暗くて憂うつな家庭環境が作品のベースになる場合が多いけれど、僕はあまりにも平凡な家庭に生まれて、そういう経験がなかったように思います。そんな家庭環境のせいなのか、自己憐憫はあんまりないみたいです。作家にとって、特に小説家にとって良くないと思うことの一つが自己憐憫ですが、上の世代の作家にはそういうものがちょっとあります。だけど、僕の世代や後輩作家たちは、そういう部分において自由になっていると思います。

ノ　文章が自分の内面から湧き出てくるには、ある程度自己憐憫がなければならないと思いますが。

イ　内面から湧き出てくるものは、必ずしも自己憐憫ではありません。自己憐憫が強いと、他人もやたらと自分に見えてきます。

ノ　ヨンジュン、君も平凡な人生を生きてきたのか？

チョン　平凡と言えば平凡だし、平凡じゃないと言えば、平凡じゃない。父が小さな教会の牧会をしていて、少し前に引退したんです。

ノ　教会の話が出てきたから、順序を変えて罪についてお尋ねします。罪を扱ったいわゆる「罪の3部作」（既刊では『謝るのは得意です』と『舎弟たちの世界史』の2冊とされる）を読むと、キリスト教の原罪を皮肉っているようでもあり、私たちの苦しみの原因を探ろうという試みでもあるようで、人間の存在自体が罪だということを言っているような気もしました。それで、子どものころにキリスト教に心酔していたのではないかと思いました。キリスト教の文化もよくご存じみたいだし、中学、高校のとき、教会の学生部に所属していたんじゃないかと。

イ　高校1年のときから教会に通い始めました。好きな女の子のために。

ノ　誘われたんですか？

イ　一目ぼれした女の子が教会に通ってるって聞いたのがきっかけです。ところが、いざ僕が通い始めると、彼女はすぐに教会をやめてしまって。だったら僕もすぐにやめればいいのに、何か恥ずかしくてね。好きな子のために教会に通い始めたことを認めることになるから。それで、あと何か月か通おうと意地を張っているうちに、すっかりのめりこんでし

まったんです。

ノ ご両親も教会に通っているんですか。

イ いいえ。うちは仏教でした。だから、反対も激しかった。高3のときは、韓信大学に進学しようと決めました。僕の通っていた教会の牧師さんがそこの出身だったから、そんなことまで考えたんです。洗礼もそのとき受けて、教会のあらゆる行事にも出かけました。早朝祈禱も徹夜祈禱も休まず参加しました。高3のとき、のちに監理教神学大学に進んだ友だちと田舎で開かれたある伝道集会に行ったんですが、タクシー代がなくて、長時間、夜道を歩いた記憶もあります。星の降る国道を、ただ神の恩恵だけを信じて歩いたわけです。僕にはそんな時代もあったんだよ、ヨンジュン。

チョン 私はちょっと違っていて、個人的に大きく覚醒した経験はありません。母のお腹の中にいるときから教会に通っていて（笑）、選ぶ権利もなくて。ただ、私の人生は、運命的に教会文化に覆われていました。

イ 僕が通っていた教会はちょっと独特で、韓信大学出身の牧師さんだったからだろうけど、解放神学だったんです。統一問題、社会問題などについて発言し、主導的に実践する教会でした。僕は、ああ、これがイエスの言う真理の道なんだなと、そんなことをずっと感じていました。イエスと共にこの道を行くんだ、ってね。

ノ 私も子どものころ教会に通っていましたが、しばらく行かなくなった時期があります。大学4年のときに行ってたのは、韓国キリスト教長老会所属の教会でした。何年か通いましたね。

イ だけど、結果的に韓信大学には行けませんでした。家の反対が激しかったんです。父が教会の牧師さんを訪ねていく

ほどでしたから。それで、妥協したのが、文芸創作科への進学でした。韓信大学に行けなくても、イエスを信じつづけることはできるから。あとで編入することも考えました。ソウルの西大門区に「インウ学舎」といって、地方から上京したキリスト教信者の学生のための寄宿舎があるんですが、牧師さんの推薦を受けてそこでソウル生活を始めました。寄宿舎ですが教会も同然で、日曜日には礼拝をして讃美歌を歌って。ところが、そんなに熱心だった僕が、あっという間にすっかり変わってしまいました。文芸創作科に入って3か月で、人がまったく変わってしまったんです。宗教も何もいらないって。

ノ　大学入学は何年ですか。

イ　1991年です。そのときも、詩の墓は仏教で、小説の墓はキリスト教だ。そんな話がありました。詩人が仏教的世界観に立つと詩がだめになり、小説家がキリスト教的世界観を受け入れれば、それもだめになる前兆だとある講師が言ったんです。きっと、キリスト教的世界観の虚無主義について言ったんだと思います。そこでは現世は重要視されませんから。現世の次の世界。天国の問題。そういうのがより重要な問題だったんです。でも、小説は徹底して現世の問題だから。

ノ　キリスト教的世界観では、現世における葛藤が自ずと解決されますからね。

イ　小説を書こうと座っていると、やたらとそんな声が耳に入ってくるんです。そのうち、だんだん教会からも遠ざかっていって。でも、いま考えてみると、そんなことより遊びたかっただけかもしれませんね。そのころ、恋愛もしてたし、相手は、キリスト教だと言うとひきつけを起こすような人だったし。演劇もものすごく面白くて好きだったし。そのう

ち自然と教会から離れていって、離れていく理由が必要だから、小説はキリスト教的世界観に陥るとだめになるってこじつけたんです。だから、わざとニーチェを読んだりしたんだと思います（笑）。

ノ　いまも教会に通っていますか。

イ　1年に2回行きます。イースターとクリスマス。妻はとても熱心な信者で、家族の平和と安泰のために通っています。牧師さんがうちを訪ねてこられたら、いつも礼儀正しくひざ

まずきます。

ノ　使徒信条を読みますか。

イ　読みますよ。子どもたちからすると、僕は、ものすごく罪深い人間になっています。たいへんだ、というわけです。パパは死ぬと僕たちとは違うところへ行くんだねって、子どもが泣きながらそんなことを言うんです。何度か子どもたちを連れて寺に行ったことがあるんですが、ただの見学のつもりだったのに、子どもたちは寺に行くととんでもないことに

なると思っていて。それがちょっと心配ではありますが、そのうち子どもたちが自ら訪ねていくようになるでしょう。

ノ　そんな話をするには、まだ幼いんじゃないでしょうか。

イ　子どもたちは、文字で学んだことだけをもって僕と話し、質問しますから。心配にはなりますよね。

ノ　そうですね。ところで、子どものころ、ご両親が「フランス風住宅」なるものを借金して買い、ずっと返しつづける過程を作品に書かれていますが、あなたもいまではマンションを買ってお住まいですね。

イ　多額のローンを組んで、広いマンションを買いました。子どもは３人ですし、書斎も必要だからそうしたんですが。ストレスがあるにはあります。だけど、そんなストレスが僕に小説を書かせる原動力として作用することもあるように思います。金利が上がるほど、原動力がより大きくなる気もするし（笑）。

ノ　これから、もっと多くのストレスを受けることになりそうですね。「歎願の文章」という小説で教え子の話を書かれていますが、これまで詳しく話されたことはないみたいです。この場でお話しいただけますか。

イ　その小説とまったく同じことがあったわけではないんですが、僕とちょっと親しかったある学生が早逝しました。とても傷ついて、そのことが、ずっと心にひっかかっていて。そんなときに書いた小説です。事実とはずいぶん違いますよね。いまでもそのことを話すのは慎重にならざるを得ません。

ノ　そのときの経験が、どういう形であれ変化して作品の中に入っているんですね。

イ　小説家にとって経験は、再現として迫ってくるのではなくて、具現として迫ってくるものみたいです。作品の色、見

えない感情、真実、そういうものとして迫ってくるから、実際の経験とはずいぶん違ってたりもします。

　　インタビューが進むにつれ、イ・ギホさんはだんだんのどが嗄（か）れ、声のトーンが低くなっていった。暗くて気だるい瞑想音楽が流れていた。隣の部屋には、ふかふかのベッドが置かれていた。

イ　BGM が……。

チョン　深層面接の実技みたいですね。

ノ　精神分析家みたいに、あなたをベッドに寝かせてインタビューしたくなる。

チョン　カーテンの裏から。

ノ　というか、「悪い小説」って、ちょっとそんな雰囲気ですよね。

チョン　そうですね。やりましょう。やりたいことは全部。

文学を教えるということ

ノ　偶然にもここに集まった（私以外の）3人（『Axt』編集委員のベク・カフムも同席）は、全員作家で、教授ですね。先輩として、二人に言いたいことはありますか。たとえば、「そんなふうに生きるな」とか。

イ　そんなのあるわけないですよ。自分で考えないと。それぞれ状況も異なるし、僕の経験を話すのもあれだし、簡単なことじゃない。大学の先生というのは、小説を書く時間を確保するのにいい職業の一つだけど、実際には、難しい点もあ

ります。大学も組織だし、大学という空間自体が芸術とはかけ離れた場所だから。はたから見るのとは違います。

ノ　文芸創作科の教授というのは、作家がなりたがる職業じゃないんですか。

イ　昔の先生たちを見ながら、そう考えていたように思います。でも、かつての大学といまの大学はずいぶん違う。僕は大学教員になってちょうど10年ですが、心理的葛藤の激しい毎日でした。いまもその葛藤はつづいています。

ノ　時代によって教授に求められるものが変わったのでしょうか。

イ　かつての大学の要求は、研究を一生懸命やりなさい、文芸創作科の教授は作品をたくさん書きなさい、ということでしたが、最近は変わりました。一人でも多くの学生を就職させてほしいって。

ノ　文芸創作科の学生にとって、就職というのは新春文芸に当選することですか。

イ　そうではなくて、四大保険＊のある職に就かせることです。文芸創作科の学生だからといって、全員詩人や小説家になるわけではないから。教授が一生懸命骨を折ってそういう学生を就職させる、それが大学から期待されていることなんですが、ちゃんと応えられていないから情けない先生みたいで面目なくて。

ノ　私も以前に少し翻訳の講義をしていたのですが、本格的に仕事にできないのは、私の授業を取っている学生たちの将来に責任を持てないからです。

イ　そういうのもあるし、自己検閲みたいなものも作用する

＊　勤労者が加入する国民年金、健康保険、雇用保険、産業災害補償保険

んです。どうしたって、教授という自意識のようなものが芽生えますから。それが、作品の雰囲気とか色に大きな影響を与えるのが嫌なんです。

ノ　いま、大学でジャンル文学（小説）*の授業をしているのも同じ理由ですか。

イ　ジャンル文学を学びたがる学生が増えました。いま、文芸創作科に入ってくる学生は、僕たちのときとはずいぶん違っていて、接する媒体もだいぶ異なります。だからなのか、ジャンル文学を好む傾向がより強い。教授としては、そういう学生たちの考えや気持ちに気づかないふりをすることはできないから、選択肢を増やしてあげたわけです。僕の立場とは関係なく。

ノ　あなたはジャンル文学を書いたことがなく、読んだこともないと思うのですが、どうやってジャンル文学に詳しくなったのですか。

イ　講義をしないといけませんから、準備の段階から読み始めました。韓国のジャンル文学に関する論文は少ないけれど、多少出てきてはいますし。ジャンル文学の創作に関する本も少しあります。でも、それだけでは足りません。だから、講義を実技型にして学生たちにすぐ書かせる形にしています。そして、それを基に討論するんです。僕よりも学生の方が優れた感性を持っていることが少なくありません。僕はただ、道筋をつける役割をしているだけです。

ノ　ヨンジュン、君の大学もそんな感じか？

チョン　ストーリーテリングに大衆文化、映像文学といった

---

*　純文学に対応する概念。SF、ファンタジー、エンターテインメント小説などを総称する

キーワードで講義を開設してはいます。

ノ　最近のジャンル文学は、ウェブ小説のプラットフォームに掲載されるのがとても重要なことです。

イ　ある代表的なジャンル文学のプラットフォームがあります。そこは、誰でも連載を始めることができて、方法も簡単です。ジャンル文学の授業は、たとえば全15週なら、7週目まではシノプシス（あらすじ）や世界観、登場人物などをチェックします。そして、8週目から集中的に連載に入ります。ジャンル文学のプラットフォームでは、だいたい15回から20回の連載をすれば結果が出ます。その間にジャンル文学の出版関係者がコンタクトしてくるんです。前の学期には、うちの学科の学生のうち3人が契約を済ませました。授業をしながらです。大学側にしてみれば、産業的なメリットがありますよね。契約、出版に至るわけですから。ジャンル文学をやろうと考えている学生の立場からしても、悪くない。すぐにデビューできるんだから。

ノ　原稿用紙で何枚程度ですか。

イ　連載1回当たり5,500字です。原稿用紙約30枚分。労働としてはけっこうきついし、毎日書きつづけるための訓練も必要です。これは、必然的にウェブ小説の流れに従うしかない構造です。独特の世界観よりは耳慣れた物語の方がより多くの読者の好感を得ることが多い。プラットフォームがもっと広がればいいのにと思うことも多々あります。

ノ　ジャンル文学と非ジャンル文学はどう違うのか、長い間考えてみましたが、最近になって両者が合体したような気がしています。ちょっと話を戻すと、以前に何かのインタビューで「彼は最近、新しく挑戦していることがある。ずばり、家事だ。仕事で忙しい彼女（イ・ギホは妻を彼女と呼ぶ）に

代わって、皿洗いや洗濯といった家事を引き受けている」という文章があって、ほんとに？　と思ったんです。

イ　それは10年以上も前の話です。実は、僕は妻と結婚する前に長く同棲していました。そのとき、僕は専業作家で、妻は勤め人だったから、当然僕が家事をやっていました。いまはほとんどできずにいます。子どもたちをお風呂に入れる程度です。

ノ　小説家と結婚するなと言っていたことがありますが、では、小説家に対してはどんな助言をしたいですか。

イ　それも多分、未熟なときに言ったんだと思いますが、みんなそれぞれ、状況が違います。過去のことを持ち出したり、できもしない助言をすることがあって、これは特殊なケースなのに一般化しようとしている、自ら老害になっていると感じることが増えました。だから、あえて助言をしないように努めています。それぞれ状況が違うんだから。ヨンジュンだって、こんなふうになるなんて誰が想像していたか。

チョン　こんなふうにって、どういう意味ですか？

イ　ヨンジュンもカフムも、いまよりもっとたいへんな時期に出会った後輩です。ヨンジュンが大学院に通いながら、誰もいない教授の研究室に忍び込んで小説を書いていたのを覚えていますから。あのころよりみんなうまくいっているな、そんな思いがあります。

ノ　人文芸術コンサート＊で、学生たちを2年間刑務所に閉じこめておけば、すばらしい小説を書くだろうとおっしゃっていましたが、本当に大学の予算がついて刑務所が建てられ

＊　さまざまなテーマで文化人をゲストに行うシリーズ講座。文化体育観光部と韓国出版文化産業振興院による「人文360」というプラットフォームが主催している

ることになったら、どんな刑務所を建てたいですか。

イ　僕がなぜそんな話をしたかというと、寺で小説を書いたことがあるんです。僕は、そのときもいまも変わりなく、小説を書くときは環境や空間がとても大事だと思ってるんですね。小説はとにかく、書く作業に没頭することが大事ですから。没頭できる場所はどこかと考えると、刑務所の独房みたいな所がいい。どこにも逃げられないし。そんなことを考えたんです。その根本には、作家という存在は、生まれるのではなくつくられるのだ。さまざまな条件が整っていれば、誰でも作家になれるという信念があります。

ノ　私も翻訳をしているとき、集中できないとほかのことをしてしまいます。だから、Wi-Fiの設定をツイッターとかフェイスブックに接続できないようにしておきます。ですが、あなたの話を聞いていると、それとはちょっと違う次元の話をしているように思えます。

イ　作家にとって刑務所のような空間は、自分の知らない文章を、考えたこともなかった文章を思いつかせてくれる力があります。ともすれば、それは、小説の中で最も輝く部分です。そういう部分が多ければ多いほど良くて、作り出す場所が必要だという意味です。僕はコーヒーショップや図書館では書けません。完全にシャットアウトされた状態でなければ、何かを生み出せないタイプなんです。

ノ　ヨンジュンも感覚をシャットアウトしなければ書けない？

イ　ヨンジュンはコーヒーショップでも書きます。

チョン　私は、特にある環境を作ったり探したりはしません。いつでも、どこでも、時間があればノートパソコンを開いて書いています。だけど、10年前、一生懸命習作をしていた

ころは、外部からの刺激を遮断しようと努力していたことが
あります。インターネットをしないよう、わざと Wi-Fi がつ
ながらないところを探したり、なるべくテレビを観ないよう
にもして。読むことと書くことに専念したいけれど、ほかの
刺激が圧倒的すぎて、それに抗えないからそんな努力をして
いたのだと思います。

　　チャールズ・ファニーハフの『心のなかの独り言──
内言の科学』には、登場人物の声を聞く小説家がいる

と書かれている。作家として、それはちょうど私が、ある会話を、あるいは会話の数々を盗み聞きしているのにも似ている。私は会話を作りあげたりしない。登場人物が言うことを聞いて、その言葉を書き記す。まるで聞き書きをしている速記者みたいだと。イ・ギホさんも似たような経験をしたことがあるのか、聞いてみたい。

ノ　作家の中には頭の中から声が聞こえてくるという人がいるとか。その声を盗み聞きして書く人も多いと聞いたが、あなたもそうですか。

イ　声が聞こえるとまではいかないけれど、自分が書いたとは思えない文章を思いつくことは多い。締め切りに追われたり、体力的に限界が来て完全に力尽きたときに、そういう文章を思いついたりします。そうやって書いたものをあとで校正するときは、なるべく手を入れないようにしています。理論的に説明できませんが、作家なら誰しもそういう経験があるみたいです。

ノ　そうやって書いた文章は、自分のものだと言いにくいかもしれませんね。

イ　でも、一方で自分のものだとも言えます。それは、自分が知らなかった自分だとも言えるし、自分の境界を破るものだとも言えるし。

ノ　自己中心的に陥らず、他人を理解するということは社会生活においてとても重要なことだと思いますが、小説家は、その手本となる人ではないでしょうか。

イ　それには多少の苦痛が伴います。だから、一種のインスピレーションを与えてもくれるのです。それぐらい他人を理

解するのはつらくて、いくら努力しても理解できない部分も
多い。そういうものです。それでも、20年ほど小説を書い
てきたわけですから、苦痛を少し和らげる僕なりのやり方み
たいなものができました。

ノ　企業秘密みたいなものですか。

イ　兼業小説家なりのやり方です。職場で仕事をして家に
帰ってすぐに小説を書くと、昼間の残骸みたいなものが残っ
ていてキャラクターに没頭するのは容易ではありません。没
頭するために、ありとあらゆることをやってみましたが、い
ちばんいいのは家に帰ったらすぐ寝ることです。そして、ま
た起きて書く。そうすると、昼間の残骸がちょっと消えます。
ほかの人はどうかわからないけど、僕はそうです。1時間と
か30分ぐらい寝ます。

ノ　寝ている間に脳内で整理されるんでしょうか。

イ　多分、断絶されるんでしょうね。僕の知っている塾講師
は、自分のところに教わりに来た生徒をリビングに追いやっ
ていったん寝かせます。学校が終わってから勉強しに来た子
どもたちをです。約30分。そして、起こしてから勉強させ
るんです。

ノ　あなたの大学の学生にもそうすべきなんじゃないですか。

イ　うちの学生は寝たらだめです（笑）。寝かせる必要がない。
残骸があるとかそういう心配もないし（笑）。

ノ　ひょっとすると、『モギャン面放火事件顛末記──ヨブ
記四十三章』が「罪の三部作」の3冊目ですか？

イ　「罪の三部作」は、僕が意図して作ったものじゃないか
ら。僕は、何か計画を立ててその通りに書かなきゃ、という
タイプの人間じゃないんです。この小説も三部作とは関係な
く、ずっと前から書きたかったものを書いただけです。罪よ

りも、苦痛に関する物語だと思います。

ノ　朝、近所の本屋で買って、ここへ来る途中に読みました。ヨブ記をこんなふうに解釈できると思ったことは一度もなかった。ヨブが息子を失いながらも神を称えていたけれど、そのうちに苦しみを感じはじめ、神を恨みはじめたという点ですが。

イ　そういうことよりも、どうして人々は苦しみ、審判を受けるのかということに対する問いかけです。それは、多くの哲学者と芸術家の問いでもあります。コーエン兄弟も、ヨブに関する映画を１本作りました。ずっと前からその問題について書いてみたかったんです。

ノ　苦痛はすなわち罰ですが、罪なくして苦痛を受けるなら、罰ありきで罪を作り出すということになります。そんな話を絶えずしてこられたわけですが、それは苦痛の原因を探る道のりということでしょうか。

イ　僕が書いたのはアイロニーに関する物語だと思っています。何の罪もないのに苦痛を受け、その苦痛を理解するためにありもしない罪を作りあげ、探し出す。そうやって初めて、僕たちはその苦痛を何とか耐え抜くことができるんです。罪もないのに罰を受けたり、何の罪もないのに苦痛が襲ってくる方がずっとつらいことだからです。ともすれば、人間の罪というのはすべて、そういうふうにして作られてきたのかもしれません。

ノ　最近、（社会的に）謝罪をすることがものすごく増えましたが、「謝罪専門家」として最も適切だと考える謝罪はどんなものですか。

イ　それも同じ脈絡で、おかしなことに、謝罪ありきのアイロニーが生じている気がします。自分の何が悪かったのか、

何が原因かを突き詰めることなく、ほとんど反射的に謝罪の
言葉が先に出てくる。そうすれば、何が悪かったのかを問い
ただす苦痛を避けることができますから。それは、厳密にい
うと、謝罪ではありません。ただの慣例であって、ごまかし
みたいなものです。謝罪は罪のあとに、その認識のうえに出
てくるのが正しい。それは、本当につらいことです。

ノ　以前は、宗教が苦痛に意味を与える役割をしていました
が、世俗の時代にはその役割を代わってくれるものが必要だ
と思いますか。

イ　哲学や文学がその役割を担うべきでしょう。苦痛に意味
があろうがなかろうが、どうしてこんな体たらくなのかと
人々に悩む力を与えるのが哲学や文学の役割です。

ノ　あなたはそれに対して悲観的ですか、楽観的ですか。

イ　以前は楽観していましたが、このごろはよくわかりませ
ん。意味を探すのがつらくて難しい時代だという思いが大き
くなったのは事実です。だからなのか、最近、態度のことば
かりを考えてしまいます。一種の「精神的勝利」みたいな。
苦痛が襲ってきても、苦痛を苦痛として受け止めないでおこ
う。苦痛が襲ってきても笑い飛ばそう。そんなとんでもない
姿勢が大きくなっている気がします。

イ・ギホの話

ノ　AI（人工知能）に人間の仕事を代行してもらえるとしたら、
何を頼みたいですか。

イ　家事をお願いしたいです。洗濯物をたたむのを。洗濯は
僕がやるから、たたむのをやってもらえると助かる。犬のト

イレシート交換も頼めるとうれしいかな。

ノ　代わりに小説を書いてくれたらと思ったことはありませんか。

イ　それは不可能だとわかっているので、考えません。実際、条件を入力すれば物語を書いてくれるソフトウェアがあります。人物、出来事などのざっくりした筋書きを入力すれば、それに合わせたストーリーを作ってくれるソフトウェアなんですが、既存の物語のつぎはぎにすぎない。つまり、僕たちが書いてきたものというのは、何か原則的な構造がアレンジされているのであり、それは物語のテーマがアレンジされているという意味でもあります。そのソフトウェアはその中から平均的なものを選んだだけで、僕はよく似た物語が好きではありません。

ノ　実際、一つの作品がヒットしてから似たような作品が次々と出てくるのを見ると、どれも同じだなと思えてしまいます。

イ　僕の好きな作家たちが、そういう作品を書くことがあります。ほかの作品と似た小説を書くこともありますが、もっとがっかりするのは、自身の過去の作品と似たものを書いたときです。楽な道を選んだなって。でも、僕もそういうことをしたことがあります。僕は、作家にとっての唯一の美学は、過去の自分の作品から離れて違うタイプの作品を書くことだと思っています。それが作家の誠実さです。過去の作品を否定して別の方向に向かう。それがどれだけたいへんで苦しいことか、最近、切実に感じています。本を1冊出したあとのいまが僕にとっていちばん苦しい。いまがいちばん神経質な時期です。

ノ　絶えず変化していかなければならないと？

イ　人はなかなか変われないから、小説ぐらいは少し変化していかないと。僕はそう考えています。ですが、僕の小説は十分満足できるほど変わっていない気がします。やっぱり、僕自身に問題があるのか。

ノ　同じ作家が書いた作品なら、ある程度、一貫性が必要だと思うのですが、完全に違う人間になって次の作品を書いてみたいですか。

イ　ペンネームで、顔のない作家としてもう一度デビューしなければって、冗談みたいに言ったこともあります。だけど、きっとデビューできないだろう、（公募の）本審査にも残れずに落選するだろうって考えたり。完全に違う次元に行けたらいいのにって、いつも思っています。

ノ　ある意味、読者の期待を裏切ることになりますね。

イ　まさにそれです。僕はそんな作家を尊敬します。ジャンルをまったく超えた作家を。

ノ　偶然の事故を描いた作品が多いですが、いつだったか「現実の世界には必然はないのに、小説ではなぜ因果関係を追究するのか」といった発言をされていましたよね。果たして小説は、現実の偶然的側面を反映すべきなのでしょうか。

イ　「現実の世界には必然はないが、小説ではなぜ因果関係を追究するのか」という言葉の中で、傍点がついているのは「因果関係」です。もう少し正確にいうと、機械的な因果関係。何かを一生懸命やったら何かがうまくいった、罪を犯したら罰を受けたといったことは、現実では必ずしもそうならないことの方が多いのではないか。なのにどうして、小説ではそういうわかり切った原因と結果にとらわれなければならないのか。それがもどかしくて出た言葉です。僕はそもそもリアリストの先生から小説を学んだから、そういうのが嫌い

みたいです。小説は現実の偶然的な側面を反映しなければなりません。ですが、それは原因として作用すべきだというのが正しいみたいです。人物を動かす動機にもなるし。結果は明らかだけど、原因や動機は違う、とんでもない原因と偶然から人物が動くことが、僕にとってはより重要だったみたいです。

ノ　でも、実際に起きたことよりも明白な蓋然性はありません。もし、自伝小説を書くなら、それは明らかに自分が経験したことだからと正当化できますよね。だとしたら、それに小説的な意味はあるんでしょうか。

イ　そんなふうに正当化するのは意味がありません。自分が経験したことだから確固とした蓋然性がある。それは、ノンフィクションの世界です。作家の経験が小説の蓋然性を作ることはできない。ともすれば、小説は最初の一文字から最後の句点まで徹底した論理の世界であって、その論理が崩れると何の意味もありません。僕の小説からそう感じたなら、それはきっと、僕の論理がお粗末だったせいでしょう。ですが、あなたの言う通り、経験だけを強調する小説も確かに存在するみたいです。私はこんなことも経験したと言いながら読者を圧迫するような。

ノ　それはそうと、朝鮮戦争を背景に、いまの 20、30 代の感性で戦争を解釈する初めての長編小説を書くとおっしゃっていましたが。

イ　書いていたのですが、途中で止まっています。『文藝中央』の連載小説でした。朝鮮戦争の話ですが、そのとき失踪した人の話でもあります。春園（李光洙）*の物語でした。

---

* 　1892 〜 1950。「朝鮮近代文学の祖」と呼ばれる文学者。思想家

春園は1950年7月に北に拉致され、さまざまな説が入り乱れていました。黄海道のあたりで死んだという説もあり、平壌に李光洙の墓があるがそれは仮の墓だ。そんなうわさもありました。僕はただ、李光洙という人物について書いてみたかったんです。そして、書こうとすると朝鮮戦争を無視するわけにはいかず、当然、イデオロギー問題が出てきたわけです。ところが、連載の2回分まで書いたところで突然、『文藝中央』が廃刊になってしまった。ちょっと意識のある作家なら、雑誌が廃刊になっても最後まで書いていたと思うんですが、ああ、ほんとに悲しいけど個人的には良かったと思いながら（笑）、時宜にかなった小説ではなかったのでそこで書くのをやめました。でも、いつか書こうという気持ちはずっと持っています。

ノ　作品全体の構想はあるんでしょうか。

イ　はい。僕は、全20巻の李光洙全集の初版本を持っています。李光洙の研究資料もかなりたくさん集めてあります。その資料を読みながら悩み、考えた時間が相当長かった。そのときのことも、ときどき思い出します。

ノ　いつかきっと書かれますね。

イ　はい。書きたいという欲望はいつもあります。

ノ　『舎弟たちの世界史』のように現代史を扱う小説は、イデオロギー的な要素が入らないわけにはいかないと思います。短編集は人生の一面だけを描くものですが。

イ　そもそも韓国の現代史がダイナミックだから。とんでもない理由や動機が作用したことも多いし、意外にもその反対のケースも多い。イデオロギーを装ってはいるけれど、実は、非常に些細で呆れた動機もあります。長編小説では、そういう点がより深く描かれる。

ノ　いい小説は登場人物一人ひとりに、それぞれ理由がなけ
ればならないと言われました。単につじつま合わせの対象と
して書いてはいけないと。それはどういうことでしょうか。
イ　短編は長編とは構造が違うからです。短編がタマネギの
一面だけを見せるものだとしたら、長編はタマネギの一片
いっぺんをすべてつなぎ合わせてその実体を見せるものです。
真実を扱う方法そのものが違うのです。だから、読む人の立
場によって解釈の次元も異なる。
ノ　読者の立場からしても、ページターナーの小説のように
すらすら読めそうにはないですね。
イ　すらすら読んでも構いません。作家はそんなことを強要
したりしませんよ。

　　インタビューの間ずっと疲れた表情と沈んだ声だった
　　イ・ギホさんが、最後の質問を前に、テーブルに置
　　かれたフルーツジュースをひと口飲んだ。その瞬間、
　　「ジュースひと口で、人はこんなにも変わるもんなん
　　だな」と思った。

イ　血糖値が下がってたみたいですね。もっと早くジュース
を飲めばよかった。お茶を飲んでると、人は気分が上がらな
いものなんだな。音楽もそうだし。僕は本来、インタビュー
のときは卒倒するほど相手を笑わせたりするんだけど、今日
はずっと気分が重かった。人ってこんなに単純なんですね。
ほんとに些細なことで急激に変わって。
ノ　生理的な存在なんですね。
イ　物理的な存在でもあるし。
ノ　さっき、長編の話が出ましたが、『舎弟たちの世界史』

『原州通信』(イ・ギホ著、
清水知佐子訳、クオン)

は、私がこれまで読んできた長編小説とは違うように思いました。何度も行ったり来たりしながら、短編を書いてつなげたのではないか。そんなふうに思えて。もちろん、おっしゃる通り、それぞれの登場人物に存在理由があるからでもありますが、最初はなかなか読み進められなかった。

イ それは多分、話者のせいだと思います。視点の問題でもあります。そんな声をときどき耳にします。あの小説は、話者の位置づけが少し変わってるでしょう? どこかちょっと弁士のようでもあり。だから、昔の小説みたいでもあり。いろんな工夫と試みの末に出てきた話者ですが、上から下を見渡すポジションにいます。ちょっと違う方法で小説を書いてみたかったんです。あの小説が持っている重みに耐えられそうになくて、あえて作中人物と距離のある話者を選んだ。僕にとってはそれが最善の方法でした。

ノ 『原州通信』にこんな一節があります。「図書館で偶然、ある雑誌に載っていた朴景利先生とどこかの大学教授の対談記事を読んだ。その中で大学教授は、どうすればそんなに長い間、一つの小説を書き続けられるのかと質問し、朴景利先

生はこう答えていた。『ただ、ひたすら何かを問い続けるんですよ』」（『原州通信』清水知佐子訳、41頁）。あなた自身は、長編小説『舎弟たちの世界史』、『謝るのは得意です』、『モギャン面放火事件顛末記——ヨブ記四十三章』で、どんな質問を投げつづけてきたのか、教えてください。

イ　さっきも似たようなことを言いましたが、僕はただ、人間というのはどうしてこうも情けない生き物なのか、それがずっと知りたかったんだと思います。それは多分、自分自身を振り返りながら感じたことなんでしょう。なぜ自分はこんなざまなのか、どうしてこんなに卑怯で情けないのかと、小説を書きながらもいつも考えています。だから僕の小説は、情けないのかもしれません。以前、ある評論家から、イ・ギホの小説はあまりにも単純すぎないかと指摘されたことがありましたが、書いているのがだめ人間だから、そんな指摘を受けるのかもしれませんね。

ノ　単純だというのは、恋愛小説みたいだと意味ですか。

イ　いいえ。多分、登場人物が単純だという意味なんだろうと思います。内面も貧弱で、どこかバカみたいでという意味なんでしょう。だけど、僕は、そういう人物たちに情が湧き、そこから書いてみようという気持ちになる。それはいまも変わりません。

ノ　読者に長編小説を最後まで読ませるには、絶えず好奇心をかき立てる必要があります。でも、私が思うに、小説を書きながら絶えず問いを投げかけるというのは、そういうことではなさそうです。作家というのは、実は、読者とは違うことに好奇心を持つものだと思うのですが、そのへんをわかりやすく説明していただけますか。

イ　読者とは関係なく、自分はどれだけ違う存在になれるか

を知りたいという思いをいつも持っています。どれだけ違う存在の声を代弁することができるか、どれだけ違う存在の声に近づけるかを考えるとき、快感を覚えるような気がします。他人を完全に理解することは不可能だけど、できるだけ近づけるように努力はしてきたつもりです。つまり、僕たちは異星人にもなれるわけで、その限界が知りたい。読者はそんなことにはまったく興味はないだろうけど。

　インタビュー原稿を整理しながら、イ・ギホさんをあらためて思い浮かべた。彼の顔と声、身振り、タバコのにおい。光州まで帰らなければならないと言いながらタクシーを捕まえにいった後ろ姿。イ・ギホさんの新作を読むことになったら、少しずつ消えていくであろうイメージ。いや、これからは、彼の小説を以前とは違うように読めるような気がする。

2018 年 10 月 8 日

ソウル市龍山区漢南洞のイソップサウンズ漢南で

（『Axt』2018 年 11・12 月号掲載）

イ・ギホ（李起昊）

1972年、江原道原州市生まれ。秋渓芸術大学文芸創作科を卒業後、明知大学大学院文芸創作科を修了。1999年に『現代文学』でデビューした。短編集に『チェ・スンドク聖霊充満記』、『おろおろしてるうちにこうなると思ってた』、『キム博士はだれなのか』、『誰にでも親切な教会のお兄さんカン・ミノ』（斎藤真理子訳、亜紀書房）、長編小説に『謝るのは得意です』、『舎弟たちの世界史』（小西直子訳、新泉社）、『モギャン面放火事件顛末記——ヨブ記四十三章』、その他の邦訳に『原州通信』（清水知佐子訳、クオン）がある。李孝石文学賞、金承鈺文学賞、韓国日報文学賞、黄順元文学賞、東仁文学賞などを受賞。

インタビュアー　ノ・スンヨン（盧承英）

ソウル大学英語英文学科卒業、ソウル大学大学院認知科学協同課程修了。コンピューター会社、環境団体勤務を経て、翻訳家、作家として活動。訳書に『私たちはどう生きるべきか』、『鳥たちの驚異的な感覚世界』、『思考の技法——直観ポンプと77の思考術』など多数。共著に『翻訳家モモ氏の一日』がある。

訳者　清水知佐子（しみず・ちさこ）

和歌山生まれ。大阪外国語大学朝鮮語学科卒業。読売新聞に勤務したあと、ライターとして活動。訳書に朴景利『完全版　土地』（2巻、5巻、8巻、11巻）、イ・ギホ『原州通信』、イ・ミギョン『クモンカゲ　韓国の小さなよろず屋』（クオン）、『つかう？やめる？かんがえようプラスチック』（ほるぷ出版）、『9歳のこころのじてん』（小学館）がある。

ドライフラワー
ピョン・ヘヨン

文 チョン・ヨンジュン
写真 ペク・タフム

1

　インタビューのため、ピョン・ヘヨンの小説を読み直して
みた。『アオイガーデン』から最新作の『死んだ者に』まで。
一から読み直したものもあれば、アンダーラインしてある文
章や好きだった箇所を読むこともあった。その端正で堂々と
した背表紙をなでながら、着実に書きつづけてきた作家の時
間を感じることができた。

　親友の作家キム・エランがピョン・ヘヨンについて書いた
エッセイ「ピョン・ヘヨン　ガーデン」にはこんな言葉があ
る。「机の上に積み上げられた作家の本を目の前にして、何
よ？　どうしてそんなに勤勉なの？　悔しさに涙を流したい
ところだが、それよりもありがたさが先に立った」。僕も同
じことを考えてた。まずは羨ましく、あとはやはり感謝の気
持ちだった。そして気になった。どうすれば、こんなに休む
ことなく、誠実に書きつづけられるんだろうと。

ピョン・ヘヨン（以下、ピョン）　書けば書くほど良くなるだ
ろうと信じて書いているだけなの。作品によっては始めるの
もたいへんで、書きながらすでにだめだと思うときもあるけ
ど、この作品を“ある失敗”として通過しなければ次の作品
が書けないと思って、何とか完成させようとする。休まずに
書いたというのは、それだけたくさんの失敗を経験したとい
う意味でもあるの。作品を書き始めるとき、大きな目標は立
てない。これまで一人称がうまく書けなかったのでここで試
してみる、といった小さな目標で書く。あるいは以前試みた
けれどうまくいかなかったので、もう一度書いてみよう、と

いった感じかな。以前の失敗が次の小説を書くきっかけになるけど、似たような作品にアレンジされるだけで、結局はうまくいかなかったりね。

チョン・ヨンジュン（以下、チョン） 見え透いているみたいだから僕も同じ考えだとは、あえて言わないでおこう。僕は最近、また日記を書いている。どうでもいい日常や感情、特に自分の恥ずかしい部分やひ弱な心、そんなことを。自分なりに小説を書いたもののうまく書けなかったり、最善を尽くすことができなかったという後悔、またはある作品に対して申し訳ない気持ちのようなものをね。もう少しうまく書けたのに、書かなければならなかったのに、いい加減に書いてしまったという気持ちとか。

ピョン いい加減に書いたわけないじゃない。いつも不思議に思う言葉の一つが、一生懸命に書いたということ。みんな一生懸命に書いているに決まってる。何をどうすれば一生懸命に書いたことになるっていうんだろう。日常生活のすべてを中止して小説だけ書いていれば、一生懸命に書いたことになる？　睡眠もとらずに徹夜で書けば一生懸命に書いたことになる？　その言葉に疑いを持つのは、自分が一度もそうしたことがないからではないかな、と思ったりね。当然ながら作家はいかなる作品であれ、そのときの最善を尽くして書いているんだと私は思う。たとえディテールに誤りがあったり、文章に間違いがあったり、人物のより良い選択がほかにあったのだとしても、当時はどう頑張ってもうまくいかなくて、そう書くしかなかったと思うの。

チョン これといった魅力はないけど、一生懸命に書いたと思うから、変な褒め方をするのかな。誠実な作家だとか、一生懸命に書く作家だとか（笑）。

ピョン　私はよく誠実な作家だと言われる（笑）。

チョン　僕も最近「頑張ってください。書きつづけてください」みたいな、励ましの言葉をよく聞く（笑）。これからは「いい加減に書いた」とは思わないようにしよう。現在の僕が過去の僕に怒るのは良くないから。確かにそのときは心を尽くして書いたはずだし。先輩は以前書いた小説を読み直すと、どんな気持ち？

ピョン　『飼育場の方へ』の装丁を変えることになって読み返したんだけど、つらかった。

チョン　あ、『飼育場の方へ』は先輩の作品の中でも特に好きで、何回もくり返して読んだな。

ピョン　10年ほど前の短編集なんだけど、なぜこんな文章を書いたんだろうって思った。でもまあ、前の季節に書き終えたばかりの小説を読み直しても気に入らないけど。文章の感覚って、ものすごいスピードで変わるみたい。以前書いた作品は、できるだけ読み返さない方がいいと思った。

チョン　『死んだ者に』を読みながら、インタビュー記事を探してみた。僕も最近新しい本が出てインタビューされる機会があったけど、インタビューで作品について語るのは難しいね。先輩はどう？　インタビューで話したくないことや、逆に話したいことはある？

ピョン　小説も話したいことが多くて書いてるわけではないの（笑）。私はこれといって話すことが多い人間ではないけど、質問されれば答えなきゃと思って、ふだん考えている以上に真剣になったり、思ってもいない決まり切った答えをして、あとで必ず後悔する。紙面でのインタビューはそれでも慎重に言葉を選ぶ余地があるから何とか最低限は受けるけど、ラジオやポッドキャストのように録音されて残るのはできる

だけしたくない。

チョン 僕もときどき録音された自分の声を聞くけど、低音で濁っていてとても聞けるものではない。

ピョン マイクを通した自分の声が好きではなくて。

チョン とにかく（笑）、インタビューを受けないのに特別な理由があったり、話題性がないからというより、話すことが難しいからではないかな。

ピョン そうかもね。私の場合、話すときは言葉になってない、非文が多くて。それを確認するのがつらい。

チョン 話すときは非文になるのが当然じゃない？ だけど、その言葉が録音されたり、生のままコメントの形で露出されれば、それがまたテキストになってしまうから気を使わずにはいられない。でも、一方ではそうした不安定なコメントを聞きたくもある。僕は作家のエッセイはブログのようなものだと思う。整っていないけれど、作家のプライベートな部分を身近に感じることができるし、加工される前の肉声のようなものが生き生きと感じられるから。先輩はコラムもエッセイもほとんど書かないようで、ちょっと残念かな。書かない理由ってある？

ピョン 以前、コラムやエッセイを書いたとき、面白いかもしれないからって、あれこれ試してみたけど、コラムは時宜にかなっていることが重要で、政治や社会的な問題にも詳しくて、判断力に長けている必要があるでしょ？ そうしたところが私には合わなかった。ふだんの生活をつづったものよりテーマ性のあるエッセイが好きだけど、深く掘り下げて書くようなテーマも持っていなかったの。だったら息抜きのような気持ちで書けばいいけど、書き終えるとむしろ燃えつきた感じがした。村上春樹は長編を書く合間に息抜きのつもり

ド
ラ
イ
フ
ラ
ワ
ー

ピ
ョ
ン
・
ヘ
ヨ
ン

で短編を書くというし、キム・ヨンス先輩も同様に小説を書く合間にエッセイを書くというけど、私は小説を書くときと同じエネルギーが必要だった。だったらそのエネルギーは小説に注ごうと決めたわけ。

チョン　自分で質問しておいてなんだけど、僕も同じ気持ちです。僕もときどきエッセイ集の提案をされるけど、まだ書けないのは、エッセイを書くのが嫌だからではなく、何かを書くにはエネルギーが必要で、そんなエネルギーがあるなら小説をもう少し書こうって気持ちになる。だけど、心のどこかではうまく書く自信がないからかもしれない。

ピョン　精魂をこめて本当に書きたいのは「小説」だけ。

チョン　もしかしたらこのインタビューも先輩が苦手な「ある話」をしてもらうことになるかもしれないんだけど、それでもインタビューに応じてくれてありがとう。僕としては本当にうれしい。

ピョン　質問されると、典型的で判で押したような返答をしてしまうときがある。時間が十分あって緊張しない相手なら違っただろう返答について、あとでどうしようもなく考えてしまう。

チョン　言葉で伝えたとき、意図が歪曲されたことがある？たとえば新聞のインタビューとか、「黒い歴史」があるのでは？

ピョン　すべての新聞インタビューは黒歴史よ（笑）。私が話したことではあるけど、でもそんなふうには言ってないような気がするときがある。

チョン　そうそう。新聞って、なぜなんだろう。

ピョン　ちょっと刺激的なところだけ注目するよね。

チョン　自分が話した言葉がそれとなく抜け落ちたり、誤解されるほどではないけれど、正確に伝わってないことに対す

る反感のようなのものじゃないかな。事実を伝えたとしても、それが半分だけなら因果が変わるよね。嘘をついたわけではないけど、ある事実やメッセージを半分だけ、あるいは順番を変えて伝えることで、まったく違う話になる。結果的には、自分が話したというその話は、自分がした話ではなくなる。

ピョン そう。小説の中でもそうした状況におかれた人物を書いてきた。事実の一部を落としたり、沈黙することで、偽ったわけではないけど、真実を歪曲してしまうケースについて。

チョン 本当に巧妙な方法だと思う。自分を守りながら、人を苦境に陥れる言い方。いっそ嘘をついてしまえば、それは嘘だといえるけど、言葉や事実は大きく変えずに、ニュアンスや因果を変えるだけですべてが変わるから。そんな状況に置かれた人は悔しいけれど、それを解決する方法を見つけることができなくなる。抗議しても誰かは言う。「そんなに間違った話でもないんじゃない」ってね。先輩の小説を読むと、そんな人物がとてもうまく描かれていて感心しながらも、水も飲まずにさつまいもをいくつも食べたように胸がぐぐっと詰まっちゃう。

ピョン 私たちはものを書く人なので、常に言葉の正確さや誤解について意識しているのだと思う。私がインタビューや言葉についてとても厳しいかのように言ったけど、正直最近は、自分の意図が間違って伝えられたり、誇張、矮小された記事を読んでも、「この記事に興味があるのは自分だけ」と見すごすことができるようになった。本当にそうだってことがわかったから。私の記事を最も熱心に読むのはやはり私なの（笑）。正確かどうかに対する誤解や心配は当たり前だけど、言葉というのは正確に伝わりにくいものだってことを前

提にして話したり、聞こうとする。そして、私はそんなに初志貫徹なタイプでもなく、気まぐれで、考えや意志も少しずつ変わっていく人間だから、あるときはこう言っても、またあるときは違うことを言うと思う。誰かが私にある事について、以前は違うことを言ってたと問いただしても、自分がそんなふうに話したはずはないとは言えないかも。

チョン そうですね。人は変わるから。好きな本だけでもそう。10年ほど前に読んだ本をたまに開くときがあるけど、過去の自分はなぜここにアンダーラインを引いたのか、なぜここが好きだと印をつけたのか、不思議に思うことがある。反対にあのときは絶対理解できなかったり、嫌いだった作家の本をいまはとても楽しく読んだりもする。

#2　タスケテクダサイ

『ホール』*を読んだときのことを思い出す。雑誌に掲載されたのを、仕事の途中で読み始めた。読みやすい作品でもなく、すごく興味深いといった感覚的な感想ではなかったが、どうしてだか、僕はその長編をその日に最後まで読んだ。正直、雑誌に掲載された長編は読まない方なのだ。単行本として出版されるとき大いに変わるし、雑誌という形がそんな長い作品を読む気にさせないのかもしれない。なので、それは僕にとって特別な経験だった。読み終わったあと、しばらく

* 交通事故で妻を亡くし、自身もまったく動けない体になった大学教授のオギは義母の介護を受けることになる。妻の日記を読んでから態度が急変した義母とその管理下におかれたオギの日常と内面が息の詰まるようなサスペンス風につづられる。2017年、米国のシャーリイ・ジャクスン賞を受賞

ドライフラワー

ぼうぜんと座っていて、そして作家に携帯メールを送った。その瞬間だけは、作家の携帯番号を知っていることが本当にうれしかった。少数の恵まれた読者になったようだったから。

　あのとき、僕が感じたのは、面白かったという読後感以上の何かだった。小説に宿っている厳しさと確固たるもの。文章と文章をがっちりと捉えているある結束力とエネルギー。書かれてはないけれど、その文章を書いている作家の隠された本物の文章を読んだようで、それがとても励みになった。保護膜のような感じだったというか。自分の中のひびが入った部分に副木を当てるような感じだったというか。ここでそれを説明することは難しいが、その読書は僕の中によどんでいた悪い気運をかき消して、何かが流れるようにしてくれた。『ホール』を読んだある読者の時間はそうだった。作家にはどんな時間だったのだろう。

ピョン　物語が身体に染み入ってこなかったし、小説を書くのが全然楽しくなかった時期だった。もしかしたらしばらく書けないかもしれないと思った。自分には小説を書く人生が

『ホール』（ピョン・ヘヨン著、カン・バンファ訳、書肆侃侃房）

ピョン・ヘヨン

いちばん重要ではあるが、小説を書かない人生も重要だと考えていたのに、あのころはそれがうまくできなかった。

チョン　僕のメール覚えてる？

ピョン　こんな小説を書いてくれてありがとうと書いてあって、私を泣かせた。『ホール』は私にとって、まったく新しい物語ではなかったので書くことができた。その1年前に発表した「植物愛好」という短編小説の登場人物がずっと頭の中に残っていて、その短編をもう少し長い作品に書いてみたいと漠然と考えていた。書けないと思いつつも何でもいいから書かなければと思って『ホール』を書き始めたけど、いざ始めたらとても楽しかった。楽しくなかったら書けなかっただろうけど、この作品は不思議なくらい適切な仕事の量について悩むほど物語が浮かんできて、ずっと書いていた。書き終えてみると、足りない部分もあったけど、書いていたときの感情、気持ちのようなものがいまでも残っている。あの作品を書かなかったら、長らく小説を書けなかっただろうと思う。『ホール』を書きあげて、自分が小説を書く人なんだ、という確信というか度胸というか、そんなものを持てるようになった。書くことに対する完全な喜びを体験したし、小説と固く手を取り合った感じもね。そのあと、再び短編小説を書けるようになった。至らないところも気に入らないところもあるけど、とにかく物語を完成することができたし、そのときの最善を尽くすことができた。

チョン　ずっと書いていたっていう言葉、かっこいい。レイモンド・カーヴァーはずっと書きつづけることをこう述べている。「そんなことが起きると気分がいい。一日が次の日とすぐにつながる。ときにはそれが何曜日なのかもわからない。船の外輪のように回る日々だ」。そんな感じで小説を書いて

いたとは……。たいへんだけど、幸せだったと思う。小説に
どんな価値があるのか、何がいいのか、そんなことを聞かれ
ることがあるが、大きな意味や価値まではわからないけど、
とりあえずものを書く者にとってはいいことだと思う。それ
で質問した人に、あなたも小説を書いてみれば？　と冗談半
分、本気半分で返すときもある。ものを書くことは一人でで
きることの中でいちばん良くて、楽しいことだと思う。そし
て小説ほど人間を理解できるものはないと思う。状況や結果
だけで人を判断することに文学はいつも抵抗してきたし、社
会的にも歴史的にも忘れられている人々を常に作品の舞台の
中心に引っ張ってくるものだから。前後の事情と内面と裏面、
感情と感覚と記憶のようなものを通じてその人物を知ったと
きの理解を、小説ほど豊かに与えられるものがあるだろうか
と思う。

ピョン　そうね、文学が私たちを驚かせるのは、そういうと
ころだと思う。骨ばったあらすじだけで残る物語より、あら
すじの外側にある人生のディテールと感覚。平凡な時間、心、
人を綿密に見つめるようにする描写。実際、私たちの生を成
す局面を要約するのは難しいけど、小説はそういったものを
すべて見せてくれるから。

チョン　『ホール』について話してみよう。最初はオギとい
う人物を興味深く追っていったが、ある瞬間からオギの横で
彼について述べている話者の存在に気づいた。中心人物のオ
ギに対する信頼が揺らぐ妙な気分だったが、それはオギのこ
とが信じられなくなったからではなく、話者のことが信じら
れないからだと気づく。読者は基本的に中心人物の側からそ
の人物の肩を持ちながら物語の中に入るでしょう？　どんな
サイコパスでも、たとえばハンニバルやジョーカーですら魅

力があれば好きになる。『ホール』のオギは、ある瞬間から
その気持ちをやめたくなる、当惑させる人物だった。そして
オギの後ろに隠れた本物の人物が話者だと気づく。先輩の小
説を読むと、いつもそういうところがある。信用できない話
者というか。物語もそうだけど、そういう部分で緊張とサ
スペンスを感じるようになると思う。そこを通過するとき、
ピョン・ヘヨン小説の独特な文体というか、空気のようなも
のが感じられるけど、なぜこれがいいんだろう。結局はミス
テリアスなところに魅力を感じるのかな。

ピョン 小説はたいてい人物が世界の秘密というもの、真
実というものを探索する構造だから、基本的にミステリア
スに進むものだと思う。私は不完全で非道徳的で俗物的な
話者に惹かれる。道徳的で覚醒する準備ができている話者
には拒否感もあるし。自らの誤りのため困難な状況におか
れた人物、そこから抜け出そうと自分に言い訳をするけれ
ど、結局は自分のせいであることに気づいてしまう人物に
ね。ところが、そうした人物は必然的に世界を自分のやり
方で誤解し判断してしまうから、世界の裏面を常に秘密や
闇として見なすのだけど、そうしたところがサスペンスや
ミステリーの要素を強めたりするのかもね。

チョン 僕はそれに同意するけど、それってとても残酷だと
思う。恨む対象が自分しかいないということがね。先輩の作
品、特に『ホール』でそのぞっとする部分に気づいた。主人
公（オギ）も認識せず、無意識だけでかすかに気づいている
部分が後半で明らかになる。それで、ずっと感情移入して読
んでいた読者に突然、居心地悪くて奇妙な羞恥心を与える。
だけど、それを面白いと思うから本当に不思議だよね。その
一方で、オギの妻が書いたメモのこととか、義母はどれくら

ドライフラワー

い知っているのか、どんな心境なのか教えてくれない。読者にただじっと見つめさせる場面は本当に背筋が寒くなった。

ピョン 恐怖の対象がはっきりしていればそれほど怖くないんだと思う。善悪が明らかで、過ちが明白に定まっている世界であればね。ただ、ほとんどの場合とは言えないけど、社会が個人に干渉することが多いから、場合によっては自らの誤った選択がもたらした結果を受け入れることができなくて不幸になるケースも多い。世界が間違ったことを究明しようとすればするほど、自分が間違ったことになってしまうから……。

チョン 「40代こそまさしく、罪を犯す条件を備えている」という話者の言葉は、ある程度作家の考えと同じなの?

ピョン ホ・ヨンさんの詩*を読んで、なるほどと共感した。社会的に安定してきたと自認する40代は保守的になり、俗物になれる条件を備えていることになるから。

チョン 罪も能力や権力があってこそ犯すことができるから。

ピョン より巧妙で暴力的にね。20代は素手で戦うけど、40代は誰かを戦わせて、それを見物する年齢みたい。最近は社会に出るのがますます遅くなって、40代でも社会的には未熟かも。そうだとしたら50代になるかな。

チョン だったら、オギの罪は何だろう?

ピョン 法律的な観点での罪ではなく、すべてが自分が望む通りになると信じたことについてではないかしら。自分の望み通りに妻を判断して「理解した」と考える。妻や家族を好き勝手に判断して、自分が望むまま他人の人生を導くことができると信じていたから。関係における過ちを犯したこと

ピョン・ヘヨン

* 詩集『悪い少年が立っている』(民音社)に収録。『ホール』の中に引用されている

になるんだろうね。

チョン 関係における過ちね、わかる気がする。40代のオギの不幸について考えるとき、僕は '0' と '1－1＝0' が思い浮かんだ。二つは結果値としては同じだけど、後者の0は本来1であった0だから、その喪失感は大きい。僕はまだ40代ではないが、まもなく40になる身として怖かった。それをここまで気づかせて、心理を暴いてくれた話者のテクニックが印象的だったし。僕の場合は、下手すると話者の言葉が説明になってしまうかもしれないという心配がある。つまり、showing と telling のうちの telling になるんじゃないかという心配なんだけど、先輩の作品の話者は十分かつ豊かな密度をもって語っているようでいて、最後までまったく説明だと思わせない。説明というのは、何かをはっきりと整理したり、要約することだけど、先輩の話者の言葉は丈夫で複雑な投網のようなものを投げる感じだった。

ピョン 私にもそんな心配はある。小説を書くとき、過度に説明したり、全部話してしまったとしばしば反省するし。

チョン 全然そんな必要はないと思う。僕は先輩の小説で最も重要な人物は話者のような気がする。最初、話者は忠実に物語を述べていくが、徐々にキャラクターを現しながら叙述する側から登場人物に変わるようだった。先輩はこの話者を

どんなキャラクターだと思った？

ピョン 雨の日も雪の日も体調を崩した日でさえ、汝矣島（ヨィド）や光化門（クァンファムン）のような都心の職場に向かう、自分がやっている仕事の意味を知りたいとも思わずに、組織の論理を内在化して生きている恒常性を持った人？ 以前読んだ村上春樹の『アンダーグラウンド』にとても印象的な人物がいた。地下鉄サリン事件の被害者だったけど、地下鉄から降りたとき、ふだんと違って体が重く気分も良くないと感じながらも、駅構内の売店で牛乳を買ったって。特に飲みたかったわけではなく、毎日買っていたから。その人は牛乳を買って駅の外に出て倒れた。日常のささやかな秩序や習慣のようなものは、どんな状況においても維持されるの。私の小説の人物たちは、そうした日常を揺さぶる事件に遭い混乱に陥ることが多い。

チョン 確かに。そうした話者のおかげで、3、4行で単純に終わらせがちな状況や場面が多層的に変わり、アイロニーとジレンマが増幅すると思う。それで僕は自然と、作家の認識は話者の声に宿っていると思えた。物語よりは物語を扱う方法がはるかに小説的だった。ミステリー的な要素であれスリラー的な要素であれ。

ピョン この小説の事件は、オギが事故で植物状態になって義母の介助を受けるということだけ。そのあらすじの向こうにある人物の思いや苦痛、選択、態度のようなものが気になった。

チョン だからだろうか。小説の状況よりそれについて語る声の方がより不安や恐怖を感じさせる。

ピョン 書いているうちに不安や恐怖に関する描写が多くなった。対象が明確でないから不安で、自分から触発されたものだからさらに恐ろしかっただろうね。誰かに見つかるか

もしれないという恐怖、人生をだめにしたのはほかでもない自分自身だったという自覚のようなもの。義母が何を知っているのかがわからなくて生じる緊張した場面のようなものを描くのが面白かった。

チョン　それに、その内容をあまり見せてくれないし、妻が何を書き残したのかも明確にしない。義母もそれについてはっきり言わないし。

キム・ソヘ（以下、キム） ＊　私はそこでよけい息が詰まる感じでした。最初は話者を理解しなくちゃ、という強迫観念のようなものを感じて、人物をどうにか理解してみようと逃げ回っていたら行き止まりでした。腕と脚が切り取られた感じもした。自分がそうした経験をしたわけではないけど、誰もが無意識のうちに不安を抱いているので、その不安について語っているのがすごく良かったです。

ピョン　ミステリーはすべてを見せないときに生まれるから。

チョン　わかっているが、それが簡単じゃない。いつ知らせるべきか、どれくらい見せればいいのか、それを調節しながら書き進めるのがテクニックだから。僕は今回のインタビューを準備しながら長編を中心に読み直したんだけど、確かにその部分が見えた。義母についてもう少し話してみたいんだけど、最も背筋が寒くなった場面は、いきなり日本語が出てきたところだった。「タスケテクダサイ」。僕はその言葉の意味がわからなかったが、なぜか怖かった。漠然と日本のホラー映画をたくさん思い出したし（笑）。あとでそれが「助けてください」という意味だとわかったときは、さらに複雑な恐怖を感じた。あとでオギもその言葉を発することになる。本当

＊　『Axt』の編集者

に絶妙な言葉だと思う。ところがオギが口にするのは物語的に理解できるが、義母がそう言うのがうまく理解できなかった。なぜそんな言葉を発するのだろう。誰かに何かの救いを求めたのだろうか。この多義的な感じが最も小説的だった。

ピョン　作中の義母は子どものころにしばらく日本で暮らしたが、大人になるにつれ日本語をほとんど忘れてしまった。それでもいくつか覚えているのがあって、その中の一つが「タスケテクダサイ」。義母は子どものころにそれをしばしば口にした可能性があるんじゃないかな。子どもが日本語で「助けてください」のような言葉を言わなければならなかったのね。それを言う状況って、冗談か悲劇でしょ？　その言葉を入れることで、義母の過去や成長期について冗長に書かなくても推測できる部分があるんじゃないかと思った。だけど、「タスケテクダサイ」はまったくの偶然に入った言葉なの。ずっと前に日本語教室に通ったことがあるけど、こんな言葉が普通のテキストに出るはずはない。なので私も知らない言葉だったけど、日本語などまったくわからない、日本映画マニアの夫がそれをつぶやくのを聞いたの。ホラーや奇妙な映画を観れば、危険に遭った人がいつもそう言っている。それがとても印象的だったので作品に書いた。あとでオギがそれをつぶやくことになるんだけど、オギの境遇にふさわしい言葉になるだろうと思って。

キム　「助けてください」という言葉について長いこと考えてみました。たくさんの言葉の中で、なぜそれなのか。オギではなく義母がそれを口にするのがとても気になりました。それで娘に対するいとおしさから、娘が死ぬ前に母に言ったであろう言葉を、娘のことを思い復讐を誓う意味で言ったんだろうかとまで思いました。

ピョン　やはり作品に余白があった方が、読者はそれを解釈しながらより積極的な読書をするみたい。

チョン　この部分を何度も考えてみたけど、こういうまぎらわしさが義母のキャラクターの幅を広げてくれると思った。その部分を使って、あとでもう1作書いてくれてもいいかも（笑）。作品のある場面や人物がたびたび現れて、違う考えや想像をさせられると困惑する。作家はこの作品を終わらせたのに、少しだけ登場した人物の前史のようなものが思い浮かぶというか。こうした場合、僕はこれが自分の考えなのか、小説自体が一つの世界として存在しているから教えてくれるのか、わからないときがある。インスピレーションという言葉を使いたくはないが、ときどきそんな気持ちになったり。先輩がなぜこのような作品を書いたのかわかる気もするし。あ、教えてほしいことがある。イメージの描写はよく観察して書けばいいけど、心理描写はその対象が見えない。それをうまく書くにはどうすればいいんだろう。

ピョン　時間をかけて書くのが唯一の方法ではないかしら。最初は単純で漠然と感じられるけど、時間をかけて置かれた状況をくり返して思い描けば、複合的で多義的なアイデアが少しずつたまってくるから。最初は単純なことしか思い浮かばなくても、とりあえず次の場面を書いて、それから前に戻って書き直す。考えるポイントを探すように書いていけば、少しずつ書く要素が生まれる。作中人物の状況は、その人物が生涯を経て選択した結果だから、一気に書くのは難しい。書けないときはその部分はパスして、その人物がやりそうな行動を先に書くのもいいと思う。行動と空間を変えれば何とか場面が作られるから。それを先に書いてから書けなかったところ、足りないと思うところに戻って直す。そしてまた戻っ

て現在の状況を書く、時間をかけて直すやり方ね。

チョン 『ホール』ではすべての登場人物が死角に追いやられている。あとで話すことになる『死んだ者に』でも似たような印象を受けたが、それこそ「小説」のような救いがない。僕はそれが作家の、人間や世界の悲劇や絶望を見つめる率直な視線だと思った。だからこの物語は作家にとっては真実であると。

ピョン そうではあるけど、それがすべての人にとって真実なわけではなく、人生のさまざまな様相の一つだと思う。私たちの人生はこういうものだと決めつけて怖がらせるのではなく、ある類型の人物に与えられた生の形態のようなものだと考えながら書いている。

チョン 僕にとって最も難しい質問は「あなたはどんな作品を書く作家ですか?」というもの。何と答えればいいんだろう。小説のあらすじだけを要約しても何にもならないし。先輩は自分の小説を誰かに説明したり、紹介しなければならないとき、どうしてる?

ピョン 質問が包括的な場合は返事もそうならざるをえない。外国の読者と会ったとき、そうした質問を2回ほど受けたことがあるけど、「矛盾した人間について書いている。私はそれに最も関心がある」と範囲を広げて答えてる。

チョン 僕もこれからはそう答えよう(笑)。

ピョン すべての小説に該当する言葉だもの。

チョン 『ホール』は「植物愛好」という短編を拡張させた作品。「植物愛好」は『ザ・ニューヨーカー』の今週の小説に選ばれたし、『灰と赤』はポーランドの文学オンラインコミュニティで2016年の「今年の本」に選ばれた。先輩はあるインタビューで、翻訳書は作家が読めないから記念品のよ

うなものだと話してたけど、気にならない？　彼らはなぜ自分の小説を印象的に、または面白く読んだのか。著者としてその理由は何だと思う？

ピョン　ポーランドで『灰と赤』が出版されて読者と会ったとき、むしろ「この小説のどういうところが韓国的なのか」と質問を受けたの。システムに徹底して蹂躙（じゅうりん）されるところがそうだと答えた。すると、その読者はポーランドも同じ状況で、全然なじみのない物語ではなかったので面白かったという感想を聞かせてくれた。異国的な趣味で読んだのではなく、ディストピア小説が好きで『灰と赤』を読んだというのが印象に残っている。アメリカで出版された『ホール』は、韓国版の『ミザリー』だという書評がたくさんあった。ポーランドで『灰と赤』で賞をいただいたときは、カミュやカフカの影響が見られると言われた。考えによっては、とても西欧中心で植民地主義的なアプローチだともいえる。初めて読む東洋の作家を自分たちになじみのある西欧の作家の影響下に置こうとしたり、そのカテゴリーで理解しようとするから。だけど私たちもふだん、あまりなじみのない作家の作品を読むとき、それがいままで自分が読んだどの作品と似ていて、どういう点が違うのか整理しながら読んだりする。なじみがないけど、慣れ親しんで共感できる方法、自分の知っている世界で解釈して理解しようとする方法ね。

チョン　そうですよね。なじみのないものに意味を持たせるためには、そのなじみのない世界でバランスをとってくれる親しみがなければならないから。『灰と赤』が好きなポーランド人を考えてみると、彼らにはまずなじみのあるところがあったと思う。カミュの『ペスト』があるから、そうした作品に対するある認識を持っていたことになる。新しいと言う

とき、文字通りに物語や素材のレベルで新しいと言うことは可能だろうか。ボルヘスが「円環の廃墟」で投げかける認識のように、創造者もまた誰かによって創造された被造物だという考え方。純粋な原形はないというね。拘束し監禁したから『ミザリー』を思い出すのは、物語を理解するうえでありうる考え方だが、意味のある解釈や説明ではないと思う。それより僕が先輩の小説で注目するポイント、慣れ親しんでいるけどなじみのないもののように感じるポイントは、視線を逸らしたくなるところをずっと見つめ、ついには読者にもそれを見つめさせるところ。そこに作家の個性や集中力が表れていると思う。だけど読者にとっては頭の痛い読書になるかもね。「作家は何が言いたいんだろう」って。アイロニーなんだけど、人々は矛盾した存在でありながらそれを認識して受け入れるのは難しいよね。作家としてなぜそれが重要なのか、話してくれる？

ピョン 善と悪がはっきりとした世界は、正直、読者としては楽だろうと思う。読みながらどちらかの肩を持ったり、裁いたりしながら物語に参加すればいいから。積極的に作品を読んだ感じもするし、自分が信じている世界がそのまま実現され認められたことに安心する。だけどアイロニーは読者を居心地悪くする。正解を与えることもなく、確かだと思っていた世界を曖昧で不確かなものにするから。ところが、そうした居心地の悪さは読者にいろんなことを問いかける。人間はなぜ善良でありながら悪なのか、あるいは悪でありながら善良なのか、なぜ一貫性がなく、表と裏が異なりやすいのか、自分がそうした状況に置かれたらどのような判断をするのか、ずっと問いかけながら読むことになるでしょ？　居心地悪くすること、それがアイロニーの魅力だと思う。一般向けでは

ないけど。

チョン それはなぜ一般向けではないんだろう。なぜ多くの
場合、それが嫌いで居心地悪く思うのだろう。それって僕た
ちが最もよく知っていることで、現実なのにもかかわらず。
僕は人って真実を嫌うのだと思う。僕たちは真実が好きで価
値があると信じているが、実生活で真実について語るのは、
ほとんどが人を攻撃するときのようでもある。人間は基本的
に正しい言葉に耐えがたい生き物ではないだろうか。

ピョン 問いかけて疑い、さらに考えなければならないから
難しいだろうね。物語が終われば、明確で透明な世界が広が
らなければならないのに、アイロニーは自分が信じていた世
界まで疑わせるから。

#3 ドライフラワー

　ピョン・ヘヨンの小説を読んでいて、作家と作品から二つ
のイメージが思い浮かんだ。一つは「解剖学者」である。肉
体の解剖ではなく、人間の感情や心理を解剖する。学者は細
かく解体したものを紙の上に広げてみせる。不安や恐怖、恐
れや震え、そして羞恥心や恥じらいが、血の気一つない、き
れいな状態で置かれている。もう一つは「ドライフラワー」
である。最初は普通の花だと思ったが、近づいてみたら、き
れいに乾燥したドライフラワーだ。ところが不思議である。
乾いてしまって、死んだともいうべきミイラのような花を
ずっと見つめていると、少しずつ動いているのが感じ取れる。
風に揺れている？ それとも人に気づかれず徐々に生長して
いる？ 死者を葬る死者は、すでに死んだ者だろうか。生き

ていても死んだと言わざるを得ない者だろうか。作家は自分
の作品をどう認識しているのか気になった。

チョン 最新作である『死んだ者に』*について話したい。
自らこの小説を紹介するとすれば？

ピョン そうね、過ぎ去った日々が現在を揺るがす物語？
小心で臆病な人間の組織生活での適応記？ 病院の怪談？

チョン 先輩の作品は面白いけど、自分がその作品を面白く
読んでいるということに背筋が寒くなるときがある。作品を
書き終えて、読者にどのように読んでほしいと思った？

ピョン 読者はお金を出して本を買い求め、読む労力を惜し
まないありがたい存在だけど、実体がよく見えないので、あ
えていちいち思い浮かべなくてもいいという点でさらにあり
がたい方々だと思う。もし、読者の顔を全部知っていれば、
こんな居心地の悪い小説は書けないかも。読者の顔を覚えて
いたら、こんな苦しい作品は書けない。だけど、あまりつら
く思わないでほしい、とは思うの。

チョン つらく思わないでほしい？ そんな気持ちが本当に
ある（笑）？

ピョン それで自分なりに作中に冗談を入れたりするんだけ
ど、うまくいかないね。

チョン 『ホール』のオギの転落は自らが招いたものでもあ
るからいいとしても、『死んだ者に』のムジュの転落は本当
につらかった。僕ももの書きなので作家の気持ちが十分わか

＊ ソウルの病院から地方都市の総合病院へ左遷となったムジュ。イソクはそんな彼が
新しい病院に慣れるよう助けてくれた。だが、イソクが病院内の事務組織で密やかに行
われる不正にかかわっていることを知ったムジュは、彼を告発する。正義のための告発
だったが、その後、ムジュはさまざまな苦痛に耐えねばならないアイロニーに陥る

るけど、それでもムジュの転落は胸が痛く、居心地悪かった。この居心地の悪さこそ事実と真実であり、胸が痛いのは勧善懲悪の論理に寄りかかるロマンチックな計算のようなものだろうね。しかし作品を読み終えると、人間の物語というより凄まじいシステムについて考えることになるんだけど、そんな物語を思いついて淡々と書いていく作家はどんな気持ちなのかな？

ピョン 私はムジュが経験する事件が、実はとても劇的だと思いながら書いていた。だから人物と距離を置くことができたし、客観的になることもできた。現実の事件や日常のさまざまな局面で喚起される部分はあるが、ムジュは経験できる最も悪い状況を次から次へと味わうことになる。それがむしろ距離を保たせてくれた。

チョン 僕はとても現実的な物語として読んだ。小説で扱う現実とジレンマに陥った人物の苦境がブーメランになって自分にも飛んでくるようだったから。状況や背景は違っても、どんな組織にもありそうな条件だった。ほかのインタビューで読んだけど、「希望の余地のない結末を書いたが、読者は最後まで希望をあきらめない解釈をするのを見て、もしかしたら人々が望むのはそういうものかもしれないと気づいた」と話しているよね。読者はなぜそんなふうに読み、作家はなぜそんなふうに書かなければならなかったのだろう？

ピョン 人は基本的に善意を信じ、信じてあげようとする善良な存在みたい。読者を見ていると、そんな気がする。作品を通じて癒されたいと思うし、世の中はまだ生きる価値があると思いたがるのも、彼らが善き世界の影響を信じているからよね。私がこの小説にもあまり希望があるように思わなかったのは、その都市に残った人々が新しい事務局長が現れ

るのを待っていると言ったから。それは悪循環だから。資本がシステムを左右する世界に、そのままとどまることを選んだことになるよね。システムや組織は人間を屈服させるために力を尽くすが、人はそこから抜け出したいと思いながらも、自分が排除されるのではないかとおののいたりもする。それでも、ムジュが自分と率直に向き合う瞬間を迎えたことに、もっと大きな意味を見出す読者もいた。とても微かな光であっても、小説からそれを見つけてくださるのだから、とてもありがたい。

チョン システム……。アウシュビッツのムーゼルマン＊のことを思い出す。ナチスは収容所に閉じこめたユダヤ人の中から無作為に何人かを選んで、拷問で精神を破壊し、生きた屍〔しかばね〕のような状態にして収容所に戻したという。一時は家族であり仲間であった彼らの衝撃的な姿に、最初は皆が悲しみ怒りを覚えるが、時間が経つにつれて、いつしか彼らを無視し、さらにはいじめるまでになったという記録を読んで、すごい衝撃だった。そのとき気づいた。人間はどんな状況においても加害者になれる。人間の個別的な意志は、状況やシステムによって崩れてしまうんだと。だけど、こうした考えが深まると、すべてのことはシステムや状況の問題であって、個人の過ちではない、とも考えられるのでは？

ピョン システムの影響下でどんな人間になるかを決めるのは自分自身だと思う。皆が同じ選択をするわけではないから。この小説ではヤンス氏がそうね。正しくないと思ったことはやらない唯一の人物。人に暴力を行使する人になるか、不正

ピョン・ヘヨン

＊　回教徒の意味だが、アウシュビッツ強制収容所ではユダヤ人を意味する隠語として使われた

を黙認する人になるか、勇気を出してそれらを暴露し発言する人になるかを選択するのだけれど、それは一瞬の選択というより、それまで生きてきた生涯にわたる選択である可能性が高い。

チョン 「何かをするにあたって、動機は善いものだったが結果がそうでないものについても考えた」とも語っていた。ちょっと極端な質問になるかもしれないが、動機が善いものと結果が善いもの、どちらの方が尊重されるべきだと考えてる？

ピョン こういう場合、普通は過程が重要だと答えなければいけないみたいだけど。

チョン 選びにくいよね。それでも我々は悩んだ末、ある決定を下す。結局は判断もすることになるし。

ピョン 小説を考えてみればはっきりする。最初の執筆動機が何であれ、完成した作品について話すことになるよね。書き終わったら、最初に書こうとした物語とまったく違うものになっている場合があるけど、そういうとき、最初に何を書こうとしたのかを振り返ったりはしない。どちらか一つを選ばなければならないのであれば、やはり結果が善い方がいいと思う。動機は説明するのが難しいから。善良な方がいいという意味ではなく、偶然の力を信じるという意味で。偶然は動機と過程と結果をすべて変える力があると思う。

チョン　僕もそう思う方だね。そもそも過程は証明できないから。愚かで単純な質問だった。正義あるいは正しいという判断は、すべてを立体的に考えて下さなければならない。あまりにもたくさんの事例とケースがあるから。

ピョン　その通り。私が思う善い動機が、相手にも善いとは限らない。善悪の基準はとても可変的なので、動機の善さそれ自体が明確ではない。

チョン　ところで、ムジュという人物を描きながら内部告発する人が誤解されるのではないかと心配だったと言ったよね。小説を書くとき、心配したり、気を使ったりする部分がある？

ピョン　最近は内部告発という言葉を公益通報と言うべきだというふうに認識が変わってきている。ところが、ムジュという人物はむしろ、内部告発の動機を疑われたり、歪曲できる状況にいると思われそうで心配だった。現実においてこの問題のために大きく悩み、自問自答し、勇気を出して発言した人たちについて、変な誤解を抱かせるのではないかと思って。

チョン　『死んだ者に』というタイトルが意味深長だった。聖書の「マタイによる福音書」第8章にある言葉だけど、状況から見れば奇妙だよね。父を葬りに行かせてくださいという弟子に、死んだ人間は死んだ者に任せろというイエスの言葉を理解するのはとても難しい。聖書を読むと、そういう

箇所がいくつも出てくる。苦しみにあるヨブに神様が話した言葉とか、ある人物にメッセージを伝えるためにわざわざ呪われた人間が産まれるようにするとか。いちばん理解しがたいのは、イエスが弟子であるイスカリオテのユダに「生まれなかった方がよかった」と話すところ。どうして神が被造物にそのようなことが言えるのか、本当に不思議だった。『死んだ者に』も同じ意味で奇妙な感じ。死んだ者に葬らせなさいというのは、言いかえれば、生きている者のうちのある者はすでに死んでいるという恐ろしい意味になる。タイトルはどうやってつけた？

ピョン タイトルが多少抽象的な気がして、編集中に『闇に包まれた夜』に変えたんだけど、編集部で反対された。私はあまり確信というのがなく、人の話をすぐ信じるタイプなので、もとに戻した。作中、イソクという人物が妻について教会に行くんだけど、退屈で聖書を読む場面がある。実際、私にもそんな時期があった。讃美歌もよくわからなくて、説教の内容にもあまり同意できないときは、聖書を読んでいた。最初から最後まで読み通したわけでもなく、聖書の勉強をしたわけでもないのでよくはわからないけど、この部分を読んだとき、とても不思議でしばらく止まってしまった。こちら側とあちら側を分ける言葉、群れを作る言葉でもあり、魂が死んだという意味でもあるようで恐かった。小説ではそれをイソクが口にするんだけど、イソクは作品の中でシステムに最も従順な人物で、自己弁解にも長けてるでしょ？　そんな人物がムジュにそれを言うことによって、状況そのものをまた弁解する場面になってしまう。死んだ者の範囲をどう思うかによって、イソクになることも、ムジュになることも、事務局長になることもありうると思う。

ドライフラワー

『アオイガーデン』（ピョン・ヘヨン著、きむ ふな 訳、クオン）

チョン 『アオイガーデン』（原書）の著者あとがきには、「生きた人間の物語を書けばいいのに、と言われるかもしれない」というくだりがある。死んだ人間、見方によっては個性もなくロボットのようにシステムに従う人間を、先輩は長い間テーマにしてきたのだろうか、と思った。

ピョン そんなビッグ・ピクチャーがあったわけではない（笑）。私は作品に家族や私自身を連想させるような話、知人や友人の話は全然書かない。ただ初めての本なので母のことが書きたかった。そんな方法でしか書けなかったけど。

チョン そんなことだと思ってた。

ピョン 一脈相通ずる、ということにしておこう。

#4 小説家ピョン・ヘヨンとピョン・ヘヨン

　当然のことだが、小説の話者と作家は別の存在である。作品は作家の日記ではない。しかし読者は作品と作家を重ねて考えるのが好きだ。自伝的な要素は何なのか、実際の経験な

ピョン・ヘヨン

のか、といったことが気になる。僕の場合も読者がときどき
複雑な顔で言ってくる。「思ったより明るいですね。お元気
なんですね」と。だけど不思議なのだ。笑っている読者の目
には、なぜか失望感が漂っているように見える。小説家ピョ
ン・ヘヨンとピョン・ヘヨンはまったくの別人だ。それがど
うも納得できないときがある。キム・エランの言葉を借りる
と、ピョン・ヘヨンは「顔の美しい作家が、心もきれいで小
説までうまく書ける」。その通りである。作家であることを
除いたピョン・ヘヨンという人間は、それでいいのかなと
思ってしまうほど優しく温かい。

チョン　ムジュ夫婦に、オギ夫婦。夫婦って、いったい何だ
ろう?

ピョン　私は温泉や銭湯にはあまり行かない方で、幼いころ、
母に連れて行かれた以外はほとんど行った経験がない。だけ
ど珍しく、この前の冬に夫と二人で温泉に行った。温泉から
先に出た夫が外の椅子で待っていて、私が出てくると冷たい
牛乳のビンを渡してくれた。牛乳を買って待っていてくれた
のね。すごくのどが渇いていたのですぐ飲んだんだけど、ま
るで古い家族に囲まれた子どもになったような気持ちだった。
夫も私に対してそんな気持ちになるときがあるんだろうね。
保護者のようであり、友人のようであり、前世の家族のよう
であり、きょうだいのようでもあるけど、まったくの他人の
ようにも感じるときが。

チョン　誰かが結婚をするかどうかで悩んでいたら、何て
言ってあげる?

ピョン　結婚だけではなく何でも、やるかどうかで悩んでい
たら、まずはやってみるようにと勧める方なの。幸い人生に

は失敗を挽回する時間があると思う。

チョン 失敗を挽回する時間か……。僕は小説をそんな気持ちで書いていると思う。

ピョン とりあえず書かないと、次の作品が書けないからね。ときどき自分が書いているという理由だけで感心するときがある。その錯覚はあまりにも短いけど。

チョン 作家にとって錯覚は重要だと思う。中でも最高の錯覚はナルシシズムではないかな。書く前はうまく書けそうな錯覚、書いているときはうまく書いているという錯覚。書き終えたあとは、これくらいならいいだろうという錯覚。でも、一晩寝たあとは、ナルシシズムは消えて、後悔しながら一つ二つと文章を削っていく（笑）。その逆だったら困ると思う。書くときは自分が嫌だったり、つまらないと思ったのに、一晩寝てから読んでみて、いいじゃない？　とナルシシズムに浸ってまったく手を入れないのは。

ピョン 草稿はゆっくり書く方なの？

チョン 作品によって違うけど、草稿はできるだけ早く書くようにしている。あとでゆっくり直す時間が欲しいから。

ピョン ちゃんとした構想を持って書く？

チョン ほとんどの場合、構想を持って書くようにしている。あとでたくさん直すのが嫌なので、間違いや問題点をある程度は解決してから始めようと努めている。ところが問題は、構想した通りに書けるものでもなく、たとえ構想通りに書けたとしても気に入らなくてやり直すことも多い。結局、直すときはすべてが複雑でもどかしい気がする。なんか、インタビュアーが替わったようだけど？

ピョン ほかの作家はどのように書いているのかが気になる。そばで見てみたいと思うときもあるし。私は不完全な状態で

作品を書き始めるタイプ。作品の全体的な輪郭やテーマ、意味を整理して始めたりはしない。書きながらプロットを完成させていくんだけど、とても短い場面から始めて、それが物語になるよう工夫しながら大ざっぱに書く段階が草稿なの。草稿の段階でうまく進まなければ、書き終えるまでがすごく難しい。場面と人物の行動、セリフに正確な輪郭を持たせて書くのが難しくて、先輩の李承雨*さんに聞いてみたことがある。李承雨さんは構想がほとんど出来上がってから書くんだって。

チョン　李承雨さんは文章を一つひとつ書きながらずっと直していく方なので、作品が終わるころにはほとんど推敲する必要がないと言ってた。多くの作家がほかの作家はどのように書いているのか知りたがっているようだね。僕も気になって尋ねることがある。ところが、結論は皆違う。よく考えてみれば同じようでもあるし。ひとことで言えば「書いて、直す」。あんまり小説の話ばかりしたみたいなので、話題を少し変えてみる？　キム・エランさんが書いた「ピョン・ヘヨン ガーデン」を読むと、「あんなきれいな女があんな笑い方をするなんて」というところがある。先輩の笑い顔を思い浮かべて、すぐに同意した。また、こんなことも。「顔の美しい作家が、心もきれいで小説までうまく書ける」。これにも自然とうなずいた。そしてすぐ気がついたんだけど、作家ピョン・ヘヨンではなく、ふだんのピョン・ヘヨンはあの描写がぴったりな人だなって。

ピョン　人見知りで、よく緊張するので、ぎこちない瞬間を

＊　1959 ～。邦訳に『生の裏面』、『植物たちの私生活』（いずれも金順姫訳、藤原書店）がある

避けようと笑うの。皆、いろいろたいへんだろうと思うと、私まで顔をしかめて不愉快にすることないと思うし。面白いことをたくさんやって、ユーモアを失いたくないと思う。

チョン ユーモアは形式的で典型的になるのを避けるクッションのようなもの?

ピョン 柔軟になる方法ね。緊張してぎこちなくなると、真顔になって、典型的な行動でその瞬間から抜け出したくなるから、ユーモアの筋肉を鍛える必要がある。

チョン どこかで読んだけど、先輩がラジオ番組に送ったはがきが「今週の一通」に選ばれたって? 何と書いたの?

ピョン そんな話をどこで見つけたの? 昔、シン・ヘチョルがやっていた「夜のディスクショー」という番組で、音楽にまつわる話を送るコーナーだった。病気の父がずっとビートルズの歌ばかり聴くのにうんざりしてたけど、いざ父が亡くなるとその愛に気づくといった、見え見えの内容だった。なんとそれで泰光*のオーディオセット「エロイカ」をもらったのよ。

チョン エッセイのトーンはどんなものか聞きたかったんだけど、それすら「小説」として書いたというのは衝撃だな。

ピョン 高校のとき、クラスや学校の代表として文芸コンテストに何度か出場したけど、あのときもすべてが「小説」だった。そもそも自分の話はまったく書かなかった。私という人間が、これといった話題にならないことを知っていたってこと。

チョン 昔もいまも、ピョン・ヘヨンはものを書くことに関

---

* 韓国初のオーディオとして知られる「星印(ピョルピョ)電蓄」を開発した天一(チョニル)社を1978年に泰光グループが買収、1982年に「エロイカ」というブランド名で人気を博した

しては一貫したトーンと態度があるんだね。

ピョン　トーンは違うわ。高校生らしい希望と感動、成長がなければオーディオセットや賞はもらえない。

キム　作家の方々はポイントをご存じのようですね。これくらいなら選ばれるだろうということをです。知り合いに放送作家がいるのですが、夫がラジオ番組に投稿したものが一度も選ばれないとがっかりしていたそうです。それでその作家さんが「私が選んでもらえるようにしてあげようか」と言って代わりに書いてあげたら、一発で選ばれたらしい。

ピョン　その方はよほどの才能をお持ちなんですね。

チョン　なぜ僕にはそんな才能がないんだろう。あ、聞きたいことがある。以前、先輩が書いた「文学的自叙伝」というエッセイをとても印象深く読んだが、「区役所の机が、小説を生み出した最初の場所だとも言える」と書いてあった。あれはどういう意味?

ピョン　高校のとき、人口調査*の統計を出すアルバイトをしたことがあるんだけど、あのころは調査員が各家庭を訪問して回収したアンケートの回答をマークシートに書き写す必要があったの。あのときは江東区（カンドン）に住んでいたんだけど、そこはちょうど開発を終えたマンション群と、中間層の仲間入りを果たした世帯、かろうじてソウルに移ってきた世帯が交ざっている界隈だった。あのとき、調査票を見ながら家族の形態や構成、各家庭の暮らし向きのようなものを色々のぞき見ることができた。人々の生活がさまざまであること、思っていたよりはるかに複雑だってことがわかった。7人家族のわが家は生活費がいくらで、それがだいたいどれくらいのレ

---

*　日本の国勢調査当たる

ベルかもわかった。それから少しは世の中のことがわかるようになった気がする。役所の担当者が調査票を見て変なところがあれば質問するようにと言ったが、理解できない数字がとても多くて質問もたくさんした。家族の人数に合わない部屋数、トイレの数や月収といったもの。そのたびに担当者に調査票を見せると「ありうる」って。そのようには暮らせないのではなく、そのようにも暮らしていけるということ。それがとても印象に残っている。あとで小説を書くようになって、小説というのは結局、私たちが生きていく姿は全部違うし、どんな人生であれ、それはありうることだということを知っていくものだと思った。

チョン　先輩は校正の際、声を出して読むと言ってました。それでとても疲れると。声を出して読むことで得られる効果は何だろう？

ピョン　自分の文章がうまくないことがわかる。それで錯覚を捨てることができる。文章の長さやリズム感、くり返して使っている語句も意識できるし。読むときの呼吸を考えることになるから。だけどずっと同じものを読むのって、自分は知っている内容だし、あまり面白くはない。

チョン　一人でいるところを監視カメラのようなもので見れば、ずっと朗読しているのかな。

ピョン　最初から最後まで一気に読むことはない。読んでて直すところがあれば直して、そこからまた読むことになるから。

チョン　どれくらい直せば「もうできた」という気持ちになる？

ピョン　構造やキャラクターに手を加えることができなくて、副詞を入れたり消したり、助詞を何度も変えてみたりすると

ドライフラワー

ピョン・ヘヨン

きがある。そうなると、その作品はもう直せないんだなと思う。

チョン　うん……わかる気がする。動くことはできなくて、振動ばかりするような段階ってことだね。

ピョン　その表現、すてき。

チョン　大学の文芸創作科に通ってたときはどんな学生だった？

ピョン　文芸創作科に行って、小説や詩に畏敬の念を抱く共同体があることを確認できてとてもうれしかった。それが、大学を卒業してからもずっと小説を書く源にもなった。だけど、合評の時間は苦手だった。合評は作品の短所を指摘して変えようとする形になりやすいでしょ？　それでむしろ大学に行っている間は、授業中に提出する課題以外はあまり書けなかった。

チョン　ところがいま、文芸創作科で学生を教えている。学生によく話すのはどんなこと？

ピョン　話したいことを詩や小説の形で表現したくて文芸創作科に入ったのに、いざ４年間、課題として詩や小説を書くと、その気持ちをなくしてしまう場合が少なくないように思う。進路に対するプレッシャーが大きくて、詩や小説が役に立たないと思ったり、漠然とした才能が信じられなくなったりもするみたい。創作する者としての意志は折れても、文学が好きだった読者としての心まで傷ついてはいけないと思って、小説や詩への愛情だけでも思い起こさせてあげようとしている。

チョン　僕も似たようなことを言っていると思う。「書きたい気持ち」が最も重要なモチーフだって。いくら筆力が向上しても、気持ちがなくなれば何の意味もないから。残念ながら卒業するころになると、学生はこれまででいちばんうまく

書けているのに、書きたい気持ちは小さくなっているように思う。文学の価値を疑うようになる学生も少なくないようだし。それで、依然として文学には意味がある、「書きたい気持ち」を大事に持ちつづけてほしいと。

ピョン それでも、小説を書きつづけたいと相談に来る学生には、極めて現実的なアドバイスをする方なの。作家としてデビューするのがどれくらい難しいのか、デビューしたあとも書きつづけることはどれほどたいへんで、原稿料はいくらで、本を出すとだいたい何部が売れるか、といったこと。創作をただロマンチックに考えて無駄な時間を過ごすのではないかと心配にもなる。将来をかけての覚悟だから、知っておいた方がいいと思って。小説を書きつづけるためには、どれほどまじめな生活者としての姿勢が必要なのかについても話してる。

チョン 僕は本当に書く気でいる学生には、無理をして、と言っている。小説を書くことだけでなく、どんな仕事もうまくやるためには無理をしなければならない。人は遊ぶときでさえ無理をするのだから。ありきたりの話だけど、ものを書くためには、特に小説は、時間と心、必要であれば体も使わなければならないと思う。

ピョン 若干の才能を信じて失敗しても書きつづける人が、結局はずっと書くことになると思う。

チョン それこそ重要な才能でしょう。作家はほとんどが自分の小説をあまり誇らしく思ってないような気がする。それが正しいことのようでもあるし。自分より書くのがうまくて優秀な人はいつもたくさんいる。それでも、うまく書けるかもしれないという気持ちを持つことが必要だと思う。ときにはときめいたり期待したりして。その気持ってすごくいい

錯覚だと思う。

ピョン そういう麻酔なしでは、書けないよね。

チョン 小説を書くこと以外は何をする？

ピョン これと言えることがあまりない。先輩のクォン・ヨソンさんはコンピューターゲームのスタークラフトをするそう。しいていえば、私は何かをよく習いに行く。新しいことを知っていくのが楽しい。アカデミックなことではなく、楽しく時間を過ごせることを。40歳になったときはもう一度ピアノを習いに行った。家ではやらない料理も習ったし、少し前にはドローイングを始めた。問題はどれも長つづきしないこと。

チョン ドローイングを習おうと思ったのはどんな理由で？

ピョン 絵を描くと、物事をより正確に覚えられるから。空間や事物を詳しく観察することにもなるよね。メモをするようにスケッチをしておきたいときがあって始めたけど、あまりにも下手で、いまは写真を撮っておくのがいいかもと考えている。正直、いままではすべての行動のほとんどを小説を書くことに合わせて調節してきた。だけど、徐々に作品を書くのが難しくなったり、少ししか書けなくなるときが来ると思うの。するといまより自由な時間が多くなるだろうから、その時間を楽しく過ごしたい。

チョン 水を差すようだけど、10年ほど前に李承雨さんが先輩と同じようなことを言ってた。そんな時間に備えて製パン技術を習っているって。「パン屋さんになるなら」と、とても具体的なことで悩んでいたけど、いまもずっと小説を書いている。書けなくなるような日もそう簡単には来ないんだな、と思った。さて、最近読んだ本の中でいちばんたくさんプレゼントしたのは何？

ドライフラワー

ピョン・ヘヨン

ピョン　何度も読んで、人にもいちばん多く薦めてプレゼントもしたのは、ケント・ハルフの『祝福（Benediction）』。

チョン　ああ、ケント・ハルフ、本当にいいよね。『夜のふたりの魂』を読んだとき、こんな小説を書きたいと思いながら、すごく幸せな気持ちになったことを思い出す。

ピョン　ケント・ハルフの作品は、生の最も近くにある小説だと思う。アリス・マンローもそうだし。ケント・ハルフが亡くなったと知って、もうこの作家の作品が読めないと思うととても悲しかった。

チョン　そうだよね。いい作家に出会ったのにすでに亡くなっているとわかると悲しい。だけど、逆に安心もする。もう新しい作品は読めないけど、その作家の生涯を想像しながら読めるから。アリス・マンローといえば、彼女が言ったブラックユーモアを思い出す。あなたは1週間に何日間書くのかという質問に「1週間に7日書く」と答えた。

ピョン　すばらしい。

チョン　映画やドラマの中で、最近印象深かったのがあれば教えてほしい。

ピョン　最近観てよかったのはネットフリックスで観た『マインドハンター』。友人に薦められた『このサイテーな世界の終わり』もよかった。最近は、主に動画配信で映画を観る。家族主義だと批判されることもあるけど、是枝裕和監督の映画が好き。アスガル・ファルハーディー監督のアイロニーも好きだし。

チョン　あ、『海街 diary』。

ピョン　私が書く小説のためか、ホラーやスリラー映画が好きかとよく聞かれるけど、過度に緊張感のあるものは好まない。観ていると体がしびれて疲れる。

チョン　小説のほかに関心を持って読んだり、勉強する分野がある？　たとえば、科学や哲学みたいな。

ピョン　最近はわざわざ読むことはないけど、小説を書き始めたころは犯罪心理学やプロファイリングに関連した本を読んだ。『マインドハンター』で初めて翻訳されたジョン・ダグラスや、マイケル・ストーンの『何が彼を殺人者にしたのか』のような本ね。私は幼年期の成長環境が個人の生涯の性格や人格、本性のようなものに大きな影響を及ぼすという考えに反感を持つ方だけど、こうした本にはそれが事実であると確認させられるから、ちょっと落ち込んだりした。

チョン　悲しみの中にいる人が小説を薦めてほしいと言ったら、どんな本にする？

ピョン　悲しいときは音楽や食べ物で心を癒すのがいいんじゃないかしら。あえて何かを読むとすれば……、読むことより書くことを勧めたい。悲しみを通過する時間はとても大切な経験だから、急いで終わらせようとしないで、それがどんな感情なのか、自分はどういう気持ちでなぜそうなるのかを率直に書きとめながら、自分自身にもう少し近づいて向き合うのがいいと思う。書いているうちに、その悲しみをうまく表すことができないことに落ち込んで、悲しい気持ちが少しはやわらぐかもしれない。

チョン　心が壊れそうなときや恐ろしいとき、祈る対象がある？

ピョン　うん、（亡くなった）お母さん。

チョン　小説を書く前に行うささやかな儀式のようなものは？　僕の場合は作品を書く間に聴く音楽のリストを作るけど。

ピョン　小説のバックミュージックがあればいいなと思って

た。作家はある時期を思い出すとき、そのころに書いた作品を一緒に思い出すことが多いよね。特定の曲を聴きながら小説を書けば、あとでそのころを思い出しても、うまく書けなくて苦しかった記憶の代わりに音楽が浮かび上がるだろうから。ただ私は音楽を聴きながら小説を書くことができなくて、それが残念。小説を書き始める前にやるのは、鉛筆を削っておくこと。先が丸くなった鉛筆を全部削って、それからノートPCで書くの（笑）。

チョン　先輩に鉛筆をプレゼントしてもらったことがあるよね。使っているノートや文房具が気になる。

ピョン　心であれ体であれ、一度慣れ親しんだものはあまり変えない。鉛筆はブラックウィング、書き心地がとても好き。消しゴムもついているし。ボールペンはユニボールシグノ、価格も手ごろで握りやすいから。エランさんからもらった真鍮製の携帯用鉛筆削りやファーバーカステルの自動鉛筆削りを使っていて、ノートは主にモレスキンのソフトカバーやミドリのクリーム色の手帳。薄くて柔らかいので持ち歩くのにちょうどいいの。

チョン　大切な人によくプレゼントするものは何？　その理由は？

ピョン　好きな人で、その人が何かを書く人なら、鉛筆をいちばんよくプレゼントしたかも。自分が好きだから鉛筆を選んでしまうみたいね。鉛筆があれば、それで何でも書くようになるだろうから。だけどたいていは、受け取る人によってものを選ぶ。相手が好きそうなものをあげたいから。

チョン　20代に戻ることができるなら、ぜひやり直したいことがある？　僕はネットカフェに通うのを控えたい。

ピョン　ネットカフェで何をしたの？　パソコンの前に座っ

ていたから何かを書くようになったのでは？ 私はあらゆる
アルバイトをたくさんやった。仕事ばかりしないで旅行にで
も行ってと、そのころの自分に言ってあげたい。

チョン 僕はネットカフェで毎日毎日スタークラフトばかり
やってた。それに疲れたら気分転換にカートライダーもやっ
たし、文章を作成するようなアプリケーションはメモ帳です
ら開いたことがない（笑）。僕はあのとき、本当にゲームが
好きだったと思う。先輩が好きなものは何？

ピョン 平日の午後、光化門の近くを散歩すること。徳寿宮＊
から玉仁洞の近くまで。その辺りで働いていたころ、いち
ばん羨ましかったのが平日の午後に余裕のある人たちだった。
それよりも好きなのは、朝遅い時間に起きて特にやることも
なく家で過ごす時間。なるべく動かないで、コーヒーを飲み
ながら音楽を聴き、ぼうっと座っていること。そうしている
ときは自分がすごく楽観主義者のように思える。

チョン 嫌いなのは？

ピョン 無礼。大きな音でガムをかむ人、人を押しのけて行
きながら謝らない人、地下鉄でイヤホンなしに音楽を聴いた
り、ドラマを観る人、初対面でぞんざいな言葉を使う人。

チョン 「飲酒歌舞」の中で最も自信があるのは何？ 「自信
がある」が難しければ、まあまあ得意なことは？

ピョン 当然、飲酒。お酒が強いわけではないけど、好きな
人たちと一緒に飲む場が好き。だけど、歌と踊りはいくら好
きな人たちと一緒でもまったく楽しくない。

チョン 飲酒というと、酒の席での先輩の顔と表情が思い浮
かぶ。隣の人や向かい側の人の目を見つめながら静かに話し

＊ 朝鮮時代の五つの古宮の一つ

ているかと思うと、突然爆笑したりするよね。それでも先輩の歌はいつか聴いてみたいな。古典の中で、あるいはほかの作家の小説の中で、つづけて書いてみたい作品はある？

ピョン 最近、スウェーデンの作家マイ・シューヴァル＆ペール・ヴァールーの犯罪小説シリーズを読んでいる。このシリーズの主人公マルティン・ベックは無気力で冷笑的な刑事なんだけど、このキャラクターがとても魅力的で、この作家の小説をもっと読みたくなった。ところがこの夫婦作家の作品は、当初の企画通りシリーズ10冊しかない。10冊以外にはどこにもマルティン・ベックが出てこないのがとても惜しくて、このキャラクターと構成をそのままにした物語がもっとあればと想像してみたことがある。この小説は1960年代に書かれたものなので、捜査方法もとてもアナログなの。防犯カメラやブラックボックスが普及した科学捜査の世界から見れば、もどかしいほど捜査が遅くて長引くし、聞き込みや尾行など無駄骨をくり返す。聞き込みで情報を得ても結局は情報の組み合わせには失敗するし、事件はいつも偶然に、何の達成感もなく解決されるんだけど、その失敗の過程がとてもすてきなの。いままで4冊翻訳されているので、あと6冊は読めるのが幸い。このシリーズの翻訳本が出るのが待ち遠しい。

チョン 今後書きたい作品は？ いま、書いているものがあれば教えてほしい。

ピョン 多くの作家は企業秘密だからと構想中の作品についてあまり話さないけど、これは話しても書きたいと思う人などいないかも。農村や漁村のように狭くて衰退した村社会、そんな共同体で起こる犯罪シリーズのようなものを書いてみたくて、あれこれ考えている。共同体の親睦と反目、閉鎖的

なところにとても惹かれるの。だけどまだ構想の段階で、どう書くか、そもそも書けるかどうかもわからない。同じく漠然とした構想だけで書けずにいるものがある。「アパートメント」という、現代人の共同住宅での暮らしを盛り込んだ作品を書くと自信満々だったけど、書き始めるとうまくいかない。この農村犯罪シリーズも構想だけで、結局は書けないかもしれない。

チョン　これまでのピョン・ヘヨンとは異なる性格の小説を書いてみたいという密かな思いのようなものはない？　たとえば、ロマン・ガリがエミール・アジャールの名で書いたように。

ピョン　これまでもあれやこれやと書いてきたので、書きたいものがあれば、こっそりではなく堂々と書いてもいいかも。

チョン　18 年間小説を書いてきた。その時間を振り返ると、どんな気持ち？

ピョン　デビューしたころは本を 1 冊でも出せたらいいなと思っていたのに、9 冊も出すことができて運がよかったと思う。デビューして 3 年ほどは依頼もなかったけど、小説が書けないといってひねくれることなく会社員としてちゃんと働いた自分にも感謝してる。最近よく思うのは、私よりもっと長い時間を小説と共に生きてきた人たち、長い時間に耐えて小説を書き残してくれた先輩たちのこと。いまも変わらず一緒に作品を書いてくれることがとてもありがたい。

チョン　「いいね！」のボタンがあれば、ぐっと押したい。

2018 年 6 月 11 日
ソウル市麻浦区望遠洞の La bande dessinée で
（『Axt』2018 年 7・8 月号掲載）

ピョン・ヘヨン（片惠英）

1972年、ソウル生まれ。2000年にソウル新聞の新春文芸でデビュー。短編集に『アオイガーデン』（きむ ふな訳、クオン）、『飼育場の方へ』、『夜の求愛』、『夜が過ぎていく』、長編小説に『灰と赤』、『西の森へ行った』、『善の法則』、『ホール』（カン・バンファ訳、書肆侃侃房）、『死んだ者に』など。その他の邦訳に『モンスーン』（姜信子訳、白水社）がある。韓国日報文学賞、李孝石文学賞、今日の若い芸術家賞、東仁文学賞、李箱文学賞、現代文学賞などを受賞。

インタビュアー　チョン・ヨンジュン（鄭容俊）

1981年、光州生まれ。朝鮮大学校ロシア語科卒業後、同大学大学院文芸創作学科修了。2009年『現代文学』でデビュー。短編集に『ガーナ』、『僕たちは血縁者じゃない』、長編小説に『バベル』、『フロムトニオ』など。邦訳に『宣陵散策』（藤田麗子訳、クオン）がある。若い作家賞、黄元順文学賞受賞。現在はソウル芸術大学文芸創作科で教鞭を取っている。

翻訳　きむ ふな

韓国生まれ。韓国の誠信女子大学、同大学院を卒業し、専修大学日本文学科で博士号を取得。訳書に、ハン・ガン『菜食主義者』、キム・エラン『どきどき僕の人生』、キム・ヨンス『ワンダーボーイ』、ピョン・ヘヨン『アオイガーデン』（以上、クオン）、津島佑子・申京淑の往復書簡『山のある家 井戸のある家』（集英社）など。著書に『在日朝鮮人女性文学論』（作品社）がある。津島佑子『笑いオオカミ』（新潮社）を韓国語に翻訳し、板雨翻訳賞を受賞。

落胆する人間 奮闘する作家 ファン・ジョンウン

文 チョン・ヨンジュン 写真 ペク・タフム

0

　小説を読んでいて、ふと作家の表情を見たくなることがある。この場面を書くとき、この文章をタイピングしているまさにその瞬間、作家はどんな感情を経験しているのか。「いいなあ」という気持ちを超え、共感や同感をも超えて小説に強く同化し、感情移入しているとき、読者である僕でさえこんな気持ちになるのに、作家はどんな気持ちでこの段落を通過していったのかが知りたくなる。ファン・ジョンウンの小説を集中して読みながら、僕はずっと、パソコンのモニターの前に座った彼女の表情を想像していた。僕の想像の中で彼女は唇をぎゅっと結び、歯を食いしばっていた。待ち構えているのか、耐えているのか、何か言おうとする直前で言葉を選んでいるのか、ただ静かに息を吐き出しているのかわからないが、僕にはそう感じられた。凝縮されたエネルギー。そのエネルギーが放つある種の美しさ。彼女と対話したらその何かの正体がわかるだろうか？　僕の関心はそこにあった。

1　日常の筋力

チョン・ヨンジュン（以下、チョン）　この夏はどこか行ってました？
ファン・ジョンウン（以下、ファン）　済州島。「サンダム」を見にちょくちょく行ってるの。
チョン　サンダムって何？
ファン　済州島の葬礼文化。黒い石塀でお墓を囲むだけ

ど、その塀をサンダムっていうの。お墓が畑の中に入り込んでるんだ。済州島の南西部で初めて見て、最初は見間違いかと思ったんだ。畑にお墓があるわけがないと思って。だけどちょっと行くとまたあって、そのあとにもあって、やっぱりお墓だったんだよね。それを見てから、済州島ってすごいなと思えてきて。

チョン　その発見がどうしてそんなによかったの？

ファン　よかったっていうか……生の空間と死の空間がすごく近いところにある感じがして。率直さを感じたんだと思う。ソウルでは火葬場や墓地がみんな郊外にあるでしょ、死が生から遠く離れているみたいに。死に関係する場所は迷惑施設扱いされてるし。でも、サンダムは生の中にある。畑の中にお墓があるのを見て、ずっと耕してきた畑に埋められるんだな、そこで育ったものを食べて育った体を、また畑に返してやるんだなって、そんなこと思ったんだよね。それでサンダム墓のことを調べてみたら、4・3﹡についてもわかってきて。百祖一孫之墓﹡にも行ってみた。

チョン　4・3抗戦について書きたいんですか？

ファン　いいえ。

チョン　別の種類の関心かな？　つまり、小説的な関心とは別の。

ファン　驚くようなものを経験したいってことじゃないかな。山房山﹡も城山日出峰﹡も圧倒的な自然の風景でしょ。私は

﹡　済州島四・三事件。1948年に済州島で単独選挙に反対して島民が蜂起、大規模な運動に発展し、武力鎮圧によって多数の人が虐殺された事件

﹡　四・三事件当時、予防拘禁されて殺害された人たちの遺体を集めて葬った墓

﹡　済州島の名勝地で、釣鐘の形をした小火山

﹡　済州島の名勝地で、海底噴火によってできた巨大岩山であり、ここから見る日の出が有名

そういう種類の自然を楽しむ質(たち)ではないんだよね。圧倒的すぎるから。初めて済州島に行ったときはそのせいで、さっさと旅行を中断して家に帰りたいと思った。でも、その場所で人々が経験してきたことが少しわかってくると、そこにいること自体が違う経験になる。そのことがとても驚きだった。

　こういう歴史を知らずに初めて済州島に行ったとき、ずっとお天気が晴れだったの。済州島の晴れた日ってすごく美しい。その、晴れた美しい日に美しい場所を車で移動したんだけど、ずっと動揺状態がつづいてね。どこへ行っても誰かがすすり泣いているみたいで、胸が痛くて、涙ぐんでしまって、不思議だった。

チョン　もしかして、魂はあるって信じてる？　小説を読んでると、あなたは霊魂という存在を信じているんじゃないかと思えるんだ。「ダニー・デビート」（『パ氏の入門』に収録）や『百の影』（いずれも未邦訳）を読むと、霊っていうのかな？　魂かな？　そんな存在があるという実感が湧くな。

ファン　ほとんどの存在には霊魂があると思うよ。

チョン　僕も、霊魂っていうものはあると感じてる。それはただもう、生き生きと存在しているよね。こんなふうに存在しているのに、それを無と感じるなんて、理解できない。

ファン　わかる。でも、死んだら終わりだと思うこともよくあるよ。

チョン　最近は何を書いてるの？

ファン　中編の「笑う男」をもとにして一冊まとめるので、そこに入れる小説を書いてます。

チョン　「ディディの傘」、「笑う男」、その続編の「笑う男」、その他にも何かあるの？*

ファン　あるの。「笑う男」に直接つづく話ではないけど、

落胆する人間　奮闘する作家

ある面ではまさにつながってるともいえるもの。

チョン　どれくらい書いた？

ファン　ちょっとだけ。締め切りまであまり時間がないから、たいへん。

チョン　1日の作業量ってだいたいどのくらい？

ファン　ヨンジュンさんは？（笑）　どれくらい書く？

チョン　質問しちゃだめだよ。

ファン　今日は私、質問する権利がないの？（笑）

チョン　前に、あなたが聞く側だったことがあったよね。「文章ラジオ」とか、「チャンビラジオ」に出たとき、答えに詰まるような難しい質問をあなたにされるたびに心の中でこう言ってたんだよ、「そう言うファン・ジョンウンさんはどう思ってらっしゃるんですか？」って。

ファン　復讐ですか。

チョン　見ようによっては（笑）。

ファン　理想的な作業量は200字詰めで9.3枚から9.5枚。

チョン　9.3枚から9.5枚。すごいな、そんなに細かく答えてくれるなんて。

ファン　そうならない？　私、10年以上、原稿用紙の枚数を数えながら小説を書いてるのね、ワープロソフトを見ると

＊　ここでは同じ人物が登場する作品の変遷が話題にされている。以下に説明を付す（96頁も参照）
・「ディディの傘」は2010年に書かれた短編で、『パ氏の入門』（2012年、未邦訳）に収録
・「笑う男」は2014年に書かれた短編で、『誰でもない』（2016年、邦訳は晶文社より2018年に刊行）に収録
・上記2編の続編にあたる中編「笑う男」は2016年に雑誌『創作と批評』に発表され、第11回金裕貞文学賞を受賞した。このインタビューで主に話題になっているのはこの作品。後に「d」と改題され、『ディディの傘』（2019年、邦訳は2020年中に亜紀書房より刊行予定）に収録

ファン・ジョンウン

原稿用紙換算枚数がわかるからね。それで書いていって、今日はこのぐらい書いたからいいかな、と思うころに確認すると9.3枚から9.5枚。苦労したなあって思うときはだいたい3枚。ほんとにほんとに苦労したときは1.2枚から1.8枚の間。

チョン そうなんだ。それ、もしかして体が記憶している感覚みたいなものかな？

ファン そうだと思う。訓練されたんだね。何か、わびしいけど。問題は、9枚書いても翌日に半分は飛んでっちゃうこと。私はいつも前日に書いたものを読み直し、書き直して作業をつづけていくんだけど、毎日毎日、前の日に書いたものの半分はボツになる。まるごとボツになることもあるし。たいへんだよ。それでも毎日、どうにかして書くためには、規則的な、運動でもするときみたいなパターンを作っておかないといけない。

チョン もの書きにいちばん重要なものは筋力だって言ってたけど、そういえば会うたびにちょっとずつ健康になっていってるみたいだね。

ファン 褒めてるのかな？

チョン 前に、体調が悪くて歩けないときもあったって言ってたから。

ファン そうそう。今日はこんな話はしたくなかったんだけど、健康状態は悪かった。

チョン ものを書くために鍛えた筋力があなたを健康にしてくれたみたいだね。健康のために特別にやっている運動とか、管理法みたいなものはある？

ファン ジョギングと、ダンスもやってる。何年かテレビダンス*を習ってた。

チョン テレビダンス？　意外だな。いちばんよく踊る曲は

何？

ファン　EXO の「Call me baby」と、Ailee の「あんたこそしっかりしなよ」。毎日ずっと座ってるから、元気良く体を動かす必要があった。健康面の理由でちょっと休んでて、最近また始めたんだけど、いいよ。筋トレも最近再開したけど、すごく面白い。

チョン　運動ってしんどいのに。飽きるし。最近、僕もあいまあいまに運動してるけど、そう簡単じゃないな。

ファン　どこでやってる？

チョン　普通に部屋でやってる。動画見ながらやってる。腕立て伏せとかスクワットなんか。

ファン　スクワットは姿勢をちゃんと決めないとだめなんだよ。いまちょっとスクワットの姿勢、見せてあげようか？

チョン　いや、そこまでしなくていいよ。でも、姿勢がそんなに大事なんだ？

ファン　すごく大事だよ……スクワットするとどこに力が入る？　脚？

チョン　太ももが痛い。

ファン　脚が痛いならそれはだめなの。ポイントは、腰を落としたときに肩と背中をまっすぐにすることなんだよ。背筋を鍛えるにはいい運動だよ。散文作家には特に大事なんじゃないかな、背筋って。ずっと座って読んだり書いたりするならね。私は小説書きはじめて 5 年で椎間板ヘルニアになった。

チョン　覚えてる。作家も職業だから職業病がある、5 年目

＊　歌手やバックダンサーが K-POP の曲に合わせて踊るダンスのこと。YouTube などにアップされている動画もあり、それを見ながら踊るのがエクササイズの一つとして人気がある

までに腰痛になるからあらかじめ注意しておいた方がいいって、あなたが僕に警告してくれたけど、僕も本当に5年目にがっつりやられた。それで検査受けたりして。うーん……じゃ、あとでどこかでやってみましょう。

チョン 1日の日課を教えてください。音楽にも造詣が深そうだけど、どんなスピーカーを使ってるかも知りたい。
ファン フィッシャーのアンプとJBLのスピーカーがあることはあるけど、あんまり聴かない。それでラジオを聴くと下の階の人に迷惑かけるからね。音楽はよく聴く方でもないんだけど、このごろはジャックス・ジョーンズとマリアン・ヒルをよく聴いてる。「キム・オジュンのニュース工場」＊に出てたキム・サンジョ公正取引委員長の話も何度も聴いてた。言葉に不思議な力があってね。司会のキム・オジュン氏が「どうして僕の番組より先に大手の放送局の番組に出演したんですか?」ってしょげた感じで聞いてるのに、すみませんとは言わないで「わかった」って言うだけなんだよね、それがすごくよかった。
チョン 年間計画みたいなものは立てる? または、今年絶対やるべきこととか、逆に、絶対やらないって決めていることはある?
ファン 計画は立てる。そうしないと約束が守れなくて延ばすことになるから。今年は、いま書いてる原稿の仕上げと、中編「笑う男」の推敲、この二つは必ずやりたい。推敲しなきゃいけない原稿がもう一つあって、それもできたらいいな。来年は何もしないで本を読むつもり。

＊　交通放送のラジオ番組で高視聴率を誇る

#2　幻滅と落胆

チョン　中編の「笑う男」の話をしたい。「ディディの傘」が『パ氏の入門』に収録されていて、短編の「笑う男」が『誰でもない』に載っているよね。そして今回、後続作として、中編の「笑う男」を書いたと。単純につづきを書いたというよりは、小説の中の世界で生きている人物たちが作家に語りかけて、言いかえれば作家に書かせるように仕向けたっていう感じを受けた。つまり、作家の中に、そのように作られた世界みたいなものが生きつづけていて、小説は終わってもその世界の物語が終わっていないというか。僕もときどき、自分が書いた小説の虚構の世界が、外国のある島みたいに、どこかに静かに存在しているみたいに感じるときがある。

ファン　そうだよね。本当にあるみたいだよね？　最近、「MANNING TREE」という短い話を書いたんだけど、人物がすごく話したそうにするの。でも原稿用紙50枚の依頼で、締め切りはもう過ぎてたから、ばっさり切ってとにかく50

『誰でもない』（ファン・ジョンウン著、斎藤真理子訳、晶文社）

枚にまとめた。もともと中編の分量は超えそうな話だったん
だけどね。

チョン　「もともと」っていう言葉が興味深いですね。作家が
構想した物語と小説の物語が別々に存在するように聞こえる。

ファン　書こうとしていることからいつもずれていかない？
私、だいたいそうなるんだよね。こういう話を書こうと決心
して書いても、あっち行っちゃったりそっち行っちゃったり。
それが小説を書く面白さや驚きでもあるけど。没頭して書い
ていると、いま、この話をしているのは私じゃないなって感
じもするし。

チョン　そういう場合、あとで絶対書いてあげたいな、と
思ったりする？

ファン　書いてあげたいっていうより、小説の中の話者たち
のエネルギーに比べて著者が力量不足で、何か書き落として
しまったという感じ。私がもう少しちゃんと書ければ、短編
の中でもその話を十分に展開できるだろうけど、いつも何か
残る。

チョン　その気持ち、わかるな。もう書いてしまって完結さ
せた小説が不意に、自分に語りかけてくるような感じがする
ときがあるよ。たいてい聞こえないふりをするけど。にもか
かわらず書きたいと思うときは、その話をもう一度書いても
いいのか？　と悩むこともある。でも今回の中編「笑う男」
を読んで、ちょっと考えが変わった。

ファン　何か刺激になったのかな。

チョン　勇気をもらった。こういうふうに書いてもいいん
だって。

ファン　そうなんだ。どういうことなのか知りたいな。中編
の「笑う男」を書こうと決心したときは、もともと、悪につ

いてもう少し書きたかったんだよね。

チョン　この小説の本質は悪に関すること？

ファン　違うよ。短編の「笑う男」を書くとき、悪について
ずっと考えていたことがあって、中編ではそのことをもっと
語ってみたかったんだけど、書きはじめたらそっちじゃなく
て違う話になったんだよね。短編の「笑う男」を書いてると
きは、よく人間の生とパターンについて考えてたな。

チョン　人間は状況に決定されるんじゃなくて、何ていうか、
原初的に決定づけられている、みたいなことだと思っていい
かな？

ファン　そうではなくて。一人の人間が20年、30年、40
年生きるということは、状況との出会いがつづいていくとい
うことじゃないかと思うのね。ある状況がずっとつづき、あ
る選択をずっとしつづけて、それが集まってその人なりの特
定のパターンを形作っていると思う。何らかの選択をする瞬
間、自分はそのときどきで判断していると思っているけど、
実は本人がそれまで生きてきたパターンに従っているんだと
思う。じっくり考えることがめったにない人生だと、パター
ンに従う方がはるかに簡単だということになって、自分でも
まるで知らない自分のパターンに流されやすくなると思うの。
そのせいで何らかの決定的な瞬間に、致命的な結果を招くこ
ともある。そんなことについてずっと考えてたんだ、あの短
編を書いているときは。

チョン　ベタな言い方をしてもいいなら、あなたが考える悪
とは何？

ファン　それは私も知りたいよ。巨悪より、つまらない悪の
方に関心があるみたいでもあるし。嘲笑とか、無邪気さとか、
日常の中の卑劣さ、日常的な悪みたいなもの。

チョン 中編の「笑う男」にはそういったことがかなり入ってるの？

ファン 入ってない。小説の最初の文章を書いたときすぐに、あ、これは死に関する物語になるだろうと思ったの。だけど、最初の段落を書きあげるころ、それも違うとわかった。幻滅に関する物語だった。

チョン 幻滅！ すごく好きだった文章を思い出す。「僕は自分の幻滅から脱出して、向かうべき場所もない」という文章。どうしてイ・ウンピョン大尉*のエピソードが出てきたんだろうと思いながら読みつづけていって、この文章を読んだとき、絶妙だなあと思って納得したよ。ひざをパンと叩かせるような文章だった。

ファン イ・ウンピョン大尉の話はたまたま入ってきたんだ。あの小説が呼び寄せたみたいだった。ほんとに偶然だったんだけど、すごく適切なタイミングだったから。

チョン そうだね。この部分と、最後の方に出てくる「ｄｄはなぜ死んだか。取るに足りない者だったから」という文章を読んで初めてわかったこと、理解できたことがある。主題意識っていうのかな？ この作家はなぜこれを書いたのか、なぜ書かなくてはならなかったのか、ということが。

ファン 初めはｄという人物の現在の状態に集中していた。喪失した状態。私は、ｄは何かを失った人物だと思っていた。でもそうじゃなくて、本来の世界に戻ってきた人物だったんだよね。この人物について考えれば考えるほど、ｄとｄｄが一緒に生きていた時期の方がむしろ例外だったという気がしてきた。

---

* 1983 年に飛行機で韓国に亡命した北朝鮮の軍人

チョン　僕もその場面が悲しかった。変わったのではなく、本来に戻ったんだという感覚。それは僕らが苦痛や悲しみに打ち勝とうとしてもう大丈夫だと信じたがるときの、日常的な感覚に似ているね。すばらしかった経験を喪失したあとで、「あれは例外だった」と言ってしまうときに僕らが感じるもの。なくしてしまったものたち。この小説は生き残ったdの人生を描いているけれど、なぜかその「生きていること」が「死んでいるみたいなこと」に感じられる。生き残ったことへの負い目、罪の意識を感じるんだけど、この点についてあなたに聞きたかったんだ。もしかしてあなたは、dはそうあるべきだと考えてたんだろうか？　生き残った者はそのことで苦痛を味わい、恥じ入るべきだと？

ファン　負い目はあった。短編と中編で「笑う男」を書いたとき、世界へのある種の負い目を感じてました。結局、私はddを殺したという自責の念もあったし。そんな状態で書いていたから、それが反映されることもあっただろうな。でも「いま、この状況でdはこうであるべき」というように考えたことはないよ。ただ、dについてずっと考えていったら、

dはそうするだろうなと思えたんだ。dは決定的な瞬間に、自分の愛する人じゃなくて自分の所有物を抱きしめた人間なの。何も考えず、反射的にとった行動なんだろうね。もしかしたら本人のパターンに沿って。そして、そのことについて考えつづけている人間。短編では、dが「自分はどういう人間なのか」を考えながら部屋にとどまっているけど、中編では、中であれ外であれ、どうせ世界は荒廃しているのだと気づいて外へ出てくる。残された者としての人生に集中するというよりは、あえて部屋の中にいる理由がないから。部屋の保証金も使い果たしてしまって、家主のおばあさんの婿に外に追い立てられる。世界はもともと荒廃していて、愛するものは何もないと思えたのね、この話者には。ロラン・バルトの『最終講義』*を最近、面白く読んだけど、そこに「落胆」*という言葉が出てきて。

チョン 「この世界を、自分自身を愛することができない、という落胆」。僕もあの文章が好きだ。

ファン ヨンジュンさんも読んだ？ すごく愛すべき人よね、ロラン・バルト。

チョン 僕は、俳句の話が出てきてちょっと気に入らなかったけど。

ファン そうか。私は俳句が好きだからよかったんだけど。私が持ってる俳句の翻訳書と比べながら読むのが面白くてね。松尾芭蕉の俳句の中に、カエルが池に飛び込む瞬間を詠んだ句があるんだけど、バルトの本では「おお、水音」*って翻

....

* 『小説の準備 ロラン・バルト講義集成3』（石井洋二郎訳、筑摩書房）
* 原文では acédie、日本語訳では「虚脱状態」
* 原文では "Et le bruit de l'eau"

訳されてるの。私が持ってる俳句選集ではその箇所が「水の音、とぷん」って訳されてて。もしかしたら両方とも違ってるかもしれない、原文は「ミズノオト」となってるから。だけど私は「水の音、とぷん」、というのが好きだな。触覚で感じられるから。聴覚だけど、触覚で感じられるテキストを、視覚によって経験するわけでしょ。三重の経験だよね。それがほんとに驚異的だった。とにかく、ロラン・バルトの『最終講義』で俳句に関する箇所を面白く読んだ。俳句って、はかなさに関するジャンルだよ。そのことが私はとても好きで、取り組みたいテーマに出会えたと思ってる。

チョン　俳句ってジョンウンさんによく似合うな。何か、わかる。

ファン　たった一度だけ発生すること。現実に誰かと出会ってその人を愛するようになることも、その一つなんじゃないかな。この人たちは、いま、このときを生きている私が、たった一度だけ出会えた人たちだ。だから私はこの人たちが存在する一日一日が好きで……この人たちに毎日会い、この人たちが家に帰ってくるのを見ること、朝起きて顔を合わせて送り出すこと、おいしいものを一緒に食べること、そういうことがとてもうれしい。それが一度だけだと知っているから。彼らが話したり、動いたりするのを見ていると、俳句を読んでいるときみたいな気持ちになることがよくある。

チョン　家族？

ファン　いまの人生のパートナーたち。でも、その存在ははかないんだ。一度だけだからね。ロラン・バルト的な意味で言うなら、このはかなさをどうにかして物語にして、永遠に残したいという欲求もあった。それが私の愛し方だったとも思うしね。だけどその人たちは、ある瞬間にどうなるかわか

らない状況にあるんだよ。世界がそうなってるから。そのこ
とを痛感したのが 2014 年以降だった。ノイローゼみたいな
状態を経験した。彼らが、私がいないところでどうかなって
しまいそうで。この世界は安全でなく、あまりにもめちゃく
ちゃだという自覚がすごくありありと迫ってきて。私の愛す
る人たちはいまもここにいるのに、私が彼らを失いつつある
という状況だった。心情的に、ずっとね。バルト的な落胆の
状態。短編と中編の「笑う男」はそんな状態で書いた。

チョン　短編「笑う男」と「ディディの傘」までは、作家の
気持ちがすごくよくわかった。でも中編の「笑う男」からは
ちょっと込み入ってきた。たとえばｄの感情。つまりいま、
作家がどんな気持ちでｄを考えているか、作家はこの人物を
どういう人と感じているか、ということが。

ファン　落胆した人間だと感じてる。ロラン・バルトのテキ
ストにはあの小説を書いたあとで出会ったんだけど……ロラ
ン・バルトは、落胆した人間を無能力な状態とは言ってない。
もう愛が機能しない状態と言ってるんだよね。その段落を読
みながら「笑う男」のｄのことを考えたの。可能な感情とし
ては幻滅だけが残っている人間。

チョン　笑う顔を描写した文章がありますね。「耳がかちか
ちになって後ろへ反り返り、口が引っ張られてあごがこわば
り、目も細くなる。これが笑いか？」。笑う男の表情はどん
なものか？　この文章を読んでぼんやりわかるようになった。
つまり、落胆した人間の表情。僕には感情を放棄した人間を
想像させる。自分がどんな表情をしているか自分でもわかっ
ていない状態というか。

ファン　そう。それが落胆した状態じゃないかな。落胆とい
うのは、強力な感情的経験ともいえるけど、ｄが経験した落

胆はすべて蒸発してしまって、ゼリーに近い状態になっているみたい。この笑いは、笑いというより歪んだ表情だと思う。dはその瞬間に自分の未来を見た。未来の自分だと思えるある顔を見て、やがてその顔が自分の顔になるだろうと感じている。ほんとに怖いものを見たんだよね……。

チョン　急に知りたくなったんだけど、dは、ちょっと広げてdのような人は、どうやって生きていけばいい？　もちろん小説が代案を提示する必要はないし、それじゃいけないとも思うけど、知りたいんだ。

ファン　dは、自分にできるのは幻滅することだけだと思っている。昨日と今日のつながりは断ち切られているし、明日も同じ。だけど毎日の労働の中で、自分でも気づかないうちに筋力が備わっていくのね。生活している空間で、自分でも知らないうちに他人に目撃され、自分も他人を目撃する。dを部屋から引っ張り出した理由はそれだったの。私は小さな筋肉の力を信じているから……dをもう少し他人とぶつからせたかった。だけど、これはどこまでも小説の中の「dの場合」ですよ。私は常に、現実的な方向性や代案を提示することは小説家の役割ではないと思っている。小説家が小説を書くことによってできるのは、世界観を広げることぐらいじゃないかな。人は小説を読まなくても生きていけるし、小説がなくても世界はあるし、自分も存在しているのだから。でも小説は大勢の他者の物語によって、世界と自分との境界を引き寄せることができると信じている。ヨンジュンさんはどう？　ヨンジュンさんもこういう質問をよくされると思うけど。

チョン　実際、僕もそう言われたら困るんだよね。でもその質問は、根拠のない質問とはいえないと思う。作家が小説を

書くときの、たとえば苦痛とか不合理については、相当数の読者がこんな疑問を持っていると思うんだ。「わかった。苦痛だよね。不合理だよね。それでどうしろと?」。こういう疑問や感想を持つ読者にとっては、現実を見せてくれるだけの小説は不満なんだと思う。

ファン そうだよね。私の場合についていえば、これっていう方法はないな。人生にそういう方法がないのと同じように。ただ、何なんだろうこれ、って考えるよね。苦痛で、不合理で、薄汚くて、何なんだろうこれ……私には、そう考えることが小説の始点になっているみたい。どうしたらいいかがはっきり言及されている小説も世の中にはあるでしょ。『その男ゾルバ』とか……でも私はそういう小説は読みたくない。かといって、ありのままの状況を小説で見せるだけ、という立場でもない。書きながら自分なりに奮闘するっていうのはあるよ。

チョン それがどういうものか聞きたいな。

ファン たとえば、「笑う男」を書いてるときは落胆している状態だったって言ったよね。中編を書いてるときはそれに耐えて、乗り越えたかった。dと一緒に。実はそれをしたくて中編の「笑う男」を書きはじめたんだ。まずは文章でそれを作ってみたら、考えていくことができるかもって思ったし。

チョン 小説の中の名づけ方だけど、最初の「ディディの傘」と短編の「笑う男」までは、いまになって見ると、ほかの登場人物に名前がついてない。僕は中編の「笑う男」の中で、ヨ・ソニョという人がすごく好きだったんだよ。とても魅力的だよね。ヨ・ソニョにも名前があるし全員に名前があるのに、主人公の名前が、一般的な表記法で見たらすごく何気ない、すれ違うエキストラの名前みたいな、

そのうえ小文字の「d」だってことを見て何を感じたかというとね、あとになって見て、「取るに足りない」っていう感じがなおさらはっきり浮き彫りになってると思った。どうしてこういう名前にしたの？

ファン　もともとはディディとドドだった。中編でもそうすべきかなと思ったけど、世界があんまり変わったからそれができなかった。ディディ、ドドって呼ぼうとしてみると、一種の純真さが手つかずで残っているみたいで、呼べなかった。だから二人の名前の両方に入っている「d」を使おうと思ったんだけど、大文字のDは強すぎたんだよね、この人たちの息遣いとしては。よく見分けもつかないし区別できない小文字の方が合うと思った。初めは取るに足りないと思うかもしれないけど、ずっと呼んでいるうちに、dはdで特別なものになっていくから。それと、中編の「笑う男」では、ヨ・ソニョとかイ・スングン、パク・チョベ、キム・グィジャといった具体的な名前や住所をわざと使ったんだ。私はふだん、小説の中の名前にはあまり情報価値を持たせない方で、女か男か特定できないように注意して書くことも多い。でも中編の「笑う男」では、名前と住所が具体的でなきゃいけないと思ったの。dは自ら選んで孤立していた空間から、落胆したままで世の中へ、いわばリアルな世の中へ出ていくけど、そのリアルな世の中のどこにもdが感じるリアルはないのね。だからこそdと衝突する人や場所は具体的でないといけないと思った。

チョン　場所だけじゃなくて、ここではdとdd以外はとても明るく、はっきりしてるよね。僕にとっては名前からしてそうで、dとddだけが主人公だけど、透明な状態を見せてくれるというか。僕がすごく悲しかったのは、ここに出てく

るｄｄの音楽リストだった。ジョンウンさんがこう表現してるよね、「手当たりしだいの趣向というより、趣向ができる前に中断された趣向」。この言葉がすごく好きだった。何か、わかる気がして。

ファン　あなたいちばん上の子？

チョン　そう。

ファン　だったら、この感覚はわからないもしれない。私は妹のおかげでわかったんだ。私、中学生のとき「家出少女ココ」っていう歌を合唱してたの。「家を出たココ、どこへ行ったの」……っていう歌なんだけど、それを最近口ずさんでたら、下の妹が一緒に鼻歌を歌ったの。私が中高生のときに聴いてた歌を、妹たちが知ってるわけ。上の妹も下の妹も、ただ姉の趣味に乗せられて、引っ張られてたんだよね。当時は音楽を聴く方法がオーディオしかなかったけど、それを独占するのはたいてい姉だから。または男の兄弟とか。妹たちは、自分の好みを作っていくことも容易じゃなかったんだね。狭い空間にいるほどそうなるし。私は妹を通してそれを知ったの。ｄｄもそうじゃなかったかと思う。

チョン　ああ、まるで考えてみたこともなかったな。

ファン　歳を取ってからそれに気づいて、妹たちにすごく申し訳なかった。私は歌のタイトルを言っただけなのに、妹が歌手の名前を当てたの。あんたもこの歌好きだったんだねって言ったら、「違うよ！　私は好きじゃなかったの！」って言われてね。聴くたびに嫌だったんだよって。その子が私の好みを全部知ってるんだよ。私が聴く音楽の中で子ども時代を過ごして、自分の遊びをしながらも否応なくその歌を聴いてたんだね。仕方なく。

＃3　真空管は熱い

チョン　僕が前に、光化門広場での闘いとある無気力さについて散文を書いたことがあって、そのときジョンウンさんから電話がかかってきたんだよね、よかったって。でもあとになって、あなたがくり返し書いてることを読んで、どうしてあれについて言ってくれたのかわかった。単純な関心という以上に、その問題について粘り強く小説を書きつづけているのを見てから。それで、あなたが市民として感じている問題意識と作家としての問題意識は結びついていると感じた。

ファン　市民としての私がまともかどうかはわからないけど、関心はずっとそこに向いているからね。でも、小説を書きはじめたころみたいに、とりとめのない、突拍子もないお話を書きたいという欲求もある。

チョン　作家はある意味、責任を負った存在なんだろうか？たとえば公人といわれるような？　だとすればどんな種類の、どんな性格の存在なんだろう。たとえ作家が自由に書くことは可能だとしても、何でも好き勝手に書いていいってわけじゃないでしょ？　その閾値を計算する際には、どんなものであれ自分自身の文章に対して何らかの責任感を持っていなきゃいけないと思うんだけど。

ファン　書くことって自由なのかな？　私にとっては明らかに制約や限界があるんだけど……注意してなきゃ、警戒してなきゃという気持ちが常にある。私は、自分が経験したことがいつ、どのように小説という結果を生み出すかは知り得ないという点を常に意識しているし。私は「嘘」というジャンルとしてお話を書いてるんだけど、要は人間に関する物語だ

という点についてもずっと考えている。みんなそうじゃないのかな。私は、何を語るかが重要なのと同じくらい、どう語るかが重要だと思う。だから「どう」については相当に悩む方だよ。でも、発表までしておきながら「書くんじゃなかった」「不注意だった」と後悔することがたまにある。私は本当に個人的なタイプの人間で、至らない点がいっぱいあるから。不幸せな人が出てくる小説を一つ書くと、私がその人を壊したんだと思って呵責も感じるし。

チョン　龍山*、世運商街*、労働、身分（階級）、セウォル号*、広場*、そして最近の文壇内性暴力事件*まで、何か問題が発生するたびに、絶対に引っ込んではいないように見える。傍観していられないみたいでもあるね。この言葉はちょっと荷が重いかもしれないけど、意図的かどうかは別として、かなり積極的に動いていると思う。

ファン　南日堂、セウォル号、性暴力といった事件は、たったいまどこかで生まれたばかりの新しい論点ではないでしょ。常にどこかで起きてきたことで、いまも起きている問題なんじゃないか。この何年間かでそのことを自覚したけど、そこ

---

*　2009年に起きた龍山事件（龍山惨事）。ソウルの龍山で、再開発のために立ち退きを要求されていた人々が南日堂ビルに立てこもり、警察の特殊部隊が鎮圧にあたる混乱の中で火事が起き、住民5人と警官1人が死亡した

*　1968年に建てられた巨大な住商複合施設で、特に総合電子商店街として一世を風靡した。90年代後半に衰退し、再開発を経て2017年にリニューアルオープンした

*　2014年に大型旅客船セウォル号が転覆・沈没し、修学旅行中の高校生をはじめ多くの人々が亡くなった事故。その対応をめぐり朴槿惠（パク・クネ）大統領弾劾にまでつながった

*　光化門広場。市民の最大の意思表示の場

*　2016年秋、詩人キム・ヒョンの作品による告発に続き、SNS上で「文壇内性暴力」のハッシュタグによって具体的な文学者によるセクハラ行為への告発が広がり、大きな動きとなった。ファン・ジョンウンも公開討論会に出席するなどしてこの動きに参加した

にはちょっと苦痛が伴った。最近は、できることがあるなら
やりたいと思って努力している。見聞きしておくべきことが
あればそこに行って見届けている。社会の構成員としての責
任を感じるから。だけどいまも、多くの問題とは距離を置い
て見守ってるだけだし……ぐちゃぐちゃ考えて、ためらった
りして、傍観しているだけのことも多いよ。でも、何でそう
いう質問が出てくるのかな。

チョン　うーん……社会的な使命を感じるしね。似たような
感情を持って生きていても、ある人は書き、ある人は書かな
いでしょ。作家の倫理とか義務の話がしたいわけじゃ絶対
ないんだ。ただ、僕としては、あなたはこの３年ほどの間、
こういったことに集中してエネルギーを注いできたと思うか
らね。ほんとにタフで強い作家だと思う。

ファン　わざわざそうしたわけではなくて、ひどすぎること
がつづけて起きたから……できるのは小説を書くことしかな
いから、小説書いてる。

チョン　褒めたんじゃないよ。

ファン　褒めてほしくもないし……。

チョン　もともと書きたかったのは、「はかないこと、一度
起きること」のお話だって言ってたよね。それなのにあなた
は個人的な欲求とは違う作業をしているように、僕には感じ
られる。似たような悩みは僕にもある。「書きたい小説」と
「どうしても書かなくてはいけなそうな小説」の間で悩んで
いるというか。そうやっていると、どっちが重要なのかな？
とか、どうしてこのことで悩むんだろう？　と考えはじめた
りもするし。実際、小説を一つ発表したところでこの世界に
何の影響もないけど、意味もないのに一人でその軽重を問う
てみたりしているというか。それで聞きたいんだけど、あな

たにもそんな義務感はある？

ファン　わからない。義務感かどうかわからないけど、ずっとそのことは気になっている。考えつづけるから書きたくなるんだと思うし。いま、書くべきだろうと思われる小説、っていうのは明らかにあって、結局はそれがいま書きたいお話なんじゃないかと思う。さっき私が、とりとめのない話を書きたいと言ったでしょ。この何年間か、そういうことを書きたいっていう欲求もあった。でも結局は、さっきヨンジュンさんがタフだと言ったあの物語を書いた。とりとめのない、突拍子もないお話を書こうとする欲求の方が強ければそっちを書いたと思う。でもそれより先に、いま起きていること、私が目撃している世界で受けるショックというものがあり、それがものすごくダイレクトに私にぶつかってくるから、反応しないわけにいかない。それについてずっと考え、ずっと問いつづけているから、書くものもそうなるしかない。私がいちばんよく考えてることが小説になるんだと思う。私がこれから小説を書きつづけて年輪を重ねたら、またどうなるかわからないけど、最近まではそんな方法でやってきた。小説の書き方とか、小説とは何かというような勉強をしたり、それで苦労していたら、また違ってたかもしれない。自分の創作に対して距離をとる方法を十分にトレーニングしていたら、また違う方法を選んでいたかもね。いまはとにかく、自分にぶつかってくる物語を書くという方法でやってる。

チョン　こういう質問に答えるのはしんどい？

ファン　しんどい。しょっちゅう聞かれるから。

チョン　それがあなたという作家の重要性だと思うな。

ファン　こういう質問に答えているとすぐ、反論するみたいな言い方になる。結局、自分がなぜ書いているかを話すこと

になるから。でも、それは説明したくない。なぜ書くのか考えたら書けないよ。そんな時期があるでしょ、いろんな局面があるから。なぜ書くか悩むたび、書けなくなった。

チョン　そういうとき、作家はみんなつらいだろうね。

ファン　私、なぜ書くのかについて私を悩ませる人たちが嫌い。私を書けなくさせる人たちだと思ってしまう。私はその質問から自分を守る義務がある。でも質問されるから答えることになるでしょ。それで家に帰ってから自己嫌悪に陥る。でも、いざその質問をした本人たちって、そういう質問や答えからは距離を置こうとしているように見えることが多い。それはちょっとひどいと思ったりする。

チョン　広場について聞きたい。広場に真空管という隠喩を使ったのが印象的だった。

ファン　あの場面ではできるだけ、あの日見たことをそのまま書いてみようと思ったの。父が世運商街で働いていたから、私は子どものころから光化門一帯をしょっちゅう行き来してた。光化門から世運商街。その場所があんなふうにふさがれているのはあのとき初めて見たと思う。地下鉄の駅まで全部封鎖されてたから。パク・チョベとdみたいに、遠回りして光化門大路に到着した。いつもは24時間人の流れが絶えない空間なのに、ほんとにきれいさっぱり、からっぽになっていた。真空はもともと自然状態では存在しない空間だけど、あそこがそういう空間になったと思った。

ペク・タフム（以下、ペク）　急に割り込んでごめんなさい。今回、金裕貞（キム ユ ジョン）文学賞受賞作品集を編集しているとき気になったことがあった。僕は最初のうち、この小説が持っている、読む人をして読ませるように仕向ける動力は、dのキャラクターだと思っていた。でも小説を読み終えて本を閉じた

落胆する人間　奮闘する作家

とき、そうじゃないという気がしたんです。この小説を発動させる動力はその「真空」という概念の中にあるのではないか。中編の「笑う男」の中で「真空」という概念はとても重要だと思う。

ファン　小説の中の真空と広場に関心が向くのは……その場面に至る現実的な経緯を知っているからじゃないかと思う。あの小説を書きはじめたのは 2016 年の夏だったけど、それを書くまで私はあるもどかしさを感じてたの。こんなことばっかりして突破できないということについてね。少しでも動けば暴力として制圧されて、暴力デモだという濡れ衣を着せられて。当時はカバンに黄色いリボン*をつけるだけでも脅威を感じるような雰囲気があった。地下鉄の中で、カバンに黄色いリボンをつけていたら、たいしたもんだなって罵倒されたこともあった。もう、ちょっと、凄惨でしたよ。権力は抵抗を管理する方法を完璧に極めたなとも思ったしね。とにかくあの小説を書きながら、2015 年 4 月 18 日の光化門のことを考えつづけてたの。小説で描写されている状況の二日後だけど、あの日人々は、2008 年の「明博山城（ミョンバクサンソン）」*に始まった「車壁」を初めて突破した。清渓（チョンゲ）広場前と光化門で。あの日のことをしきりに思い出しながら書いた。あのエネルギーがどこかに貯蔵されているだろうと思ったの。大勢の人たちがこんなにストレスを受けているのだから、そのエネルギーがどこかにあるだろうと。一人ひとりの個人はすごく取るに足りない存在で、小さくて、弱々しいよね、真空管のガラスの

ファン・ジョンウン

----

*　セウォル号事件の犠牲者と遺族に連帯の意思を表すもの
*　当時大統領だった李明博（イ・ミョンバク）が市民デモ規制のため車両を並べて壁のような形にしたこと

バルブみたいに……壊れやすいけど、そこに手を当てたらもう、どんなに熱いか。父のオーディオ修理店で何度も触ったことがある。小説の最後で、dにそれに触れさせたかった。

ペク オーディオの真空管のことをよく知っている人がこの小説を読んだらもっと楽しめるだろうと感じたんですが、つまり真空管は音、すなわち音声の増幅という役割を担っているでしょ。増幅させるためには、そこに電流が通っていなければならないから、真空であることが必要条件になる。条件が揃っていなくてはならない。小説の中ではそんな光化門の風景が真空で、光がキャンドルだとするなら、これは何かを増幅するための一つの前段階と見ることもできるんじゃないか。似たような対比をなしていますよね。

ファン 中編の「笑う男」の最後の文章は「それは熱いのだから、用心しろ」です。私としては、「用心」(韓国語では「操心」)に引用符をつけたかった。「操心」は本当に「操心」なんだから、ただの心ではないんだから。その最後の段落を書いたとき私はパリにいたんだけど、そのとき JTBC ＊ で崔順実（チェスンシル）のタブレット PC ＊ が公開された。最後の段落を推敲しているとき「それはとても熱いのだから、用心しろ」とするか、「それはうんと熱いのだから、用心しろ」とするか、「とても」と「うんと」の間で悩んでいたらタブレット事件が起きた。ただちにキャンドル集会が始まるのを見ながら、やっぱりそうだったと思ったの。みんな臨界点に達していたんだなと。

ペク 小説的にいえば、真空が壊れたも同然なんじゃないか

＊　韓国のケーブルテレビ局。崔順実（チェ・スンシル）のタブレット PC 発見の特ダネを報道した

＊　セウォル号事件後の朴槿惠元大統領の責任を問う過程で、友人の崔順実が処分したタブレット PC から、崔順実が演説原稿などを事前に受け取っていたことが発覚した

な、すでにタブレット PC が発見されていたことは。これを論外とするなら。

ファン　そうかな。光化門の真空は壊れたのかな。

ペク　そう。そういった原理や法則のようなものが、この小説においてはとても明確だったと思うんだけど。たとえばアンプの中の真空管は実際、わざわざ置かれたものですよね、アンプが持っている機能をさらに増幅させるために。対照してみると、光化門も似たような役割を持っているのではないか。歴史的に見てもこの場所がずっと、穴*が詰まったように真空状態であったからこそ、我々の歴史は次の一歩を踏み出すことができたんじゃないかと思う。

ファン　その場所は教保^{キョボ}ビルのすぐ前。ソウル特別市 鍾 路^{チョンノ}区 1 番地です。ソウルの都市計画史を出版したソン・ジョンモク先生は、そこを「ソウル 1 番地」と呼んでいる。私は、セウォル号事件の遺族と遺体未収拾家族に韓国社会は多くを負っていると思う。2016 年 10 月、11 月、12 月のキャンドルも、その方たちがあの場所を守ってくれたから、あれほど拡大したんじゃないかと思う。

#4　充満感

チョン　以前、ある席で「文章を書くことも仕事だ、労働だ」というような話が出たとき、あなたがちらっとナーバスな反応をしたことを覚えてる。あなたは物理的な仕事ともの書きを同一線上に置くことをあまり快く思っていないという

*　地相において重要な気が集まった場所

感じを受けた。でもいま見てると、あなたはほんとに「もの書き労働者」って感じだね。

ファン　私、そんな反応したかな。覚えてない。どうしてだろう……私の周辺には非正規で働いている労働者がいっぱいいるの。私の妹、友だち、私が愛してる人たちの労働の対価はとても低い。それを全部目撃したうえで、私のやっていることが労働といえるのかよくわからないっていう、そういう時期がちょっとあった。最近は外出することが多くて、カフェで作業をしてたんだけど……原稿料って本当に少ないと思うようになった。カフェで書いてる作家ってたくさんいるでしょう？　交通費にお茶代に食事代に、みんなどうやってるんだろうってよく思う。私は運良く本が多少売れてる方ではあるけど、それでも。

チョン　ベストセラー作家だよね……こんなこと言ったらもっと嫌がるかな？　わかった、ジョンウンさんはかろうじて食べていける作家、だってことにしよう。

ファン　かろうじてじゃないよ。未来が不安定なだけで、専業でやっていける程度ではある。

チョン　ジョンウンさんは僕が最近会った作家の中でいちばん勤勉で誠実な労働者じゃないかと思う。毎日9.3枚、9.5枚書く作家がほかにいるかな。

ファン　締め切りがあるときだけだよ。それに半分はボツだし。

チョン　ジョンウンさんは一年中締め切りじゃないか。専業作家は四六時中締め切りじゃないと。

ファン　専業作家、やめたい。書くことを休む時間がないから。でも私は取り柄もなくて要領も悪いから、これ以外にどうしようもない。文章を書こうと思ったら、専業じゃないとできない。

チョン　書くことを邪魔する要素は何？

ファン　私。

チョン　抽象的だな。

ファン　私は怠け者で、それは冗談ですまないぐらいなんだよ。自己合理化もすごいし。だから締め切りのたびに生活にパターンを作って、パターン通りに動くように努力してる。一日の中でどの時間にどの場所にいるかがとっても大事なの。それが乱れるとしばらく原稿の前に座っていられなくなる。もう、ほんとにやりたくなくて。でも、いざ書いてみるとそれがまたすごく楽しくて。一日の分量を終えてみると、とても大きな満足感があって……ヨンジュンさんもわかるよね、充満してる感じ。

チョン　満足感。充満。すごく羨ましい、すてきな言葉だ。

ファン　だけど一日の作業を終えてみると体力的に疲れてる。「明日のジョー」がリングのコーナーに座って……真っ白に燃え尽きてる、そんな感じで……熱も出るし。ほかの作家もそうじゃないのかな。一日の作業を終えて寝床に行くとき作家は体力的にも心情的にもほんとに、へろへろでしょ。だから、ベストの分量から、小数点で何枚か残しておくのが大切。完全にふらふらになってしまわないように、エネルギーを残しておくこと。

チョン　長編と短編を書くときでは何が違う？　書きはじめるとき、これは長編だな、短編だなと思う基準がある？

ファン　このごろはカンが働くようになった。書きはじめて１頁ぐらい進むと、これがどの程度の分量を必要とする物語なのか、カンでわかる。最近は短めの長編を主に書いてるけど、これはそろそろ終わりにしたいんだ。このパターンに慣れてしまいそうだから。いま書いているのを書き終えたら、

しばらく休んで体質を変えたい。長編を書くときは、短編のときより話がたくさん集まってくるような気がする。私が生活しながら見たこと聞いたこと、すべてのことが、いま、この物語に集結してくるという感覚。

チョン 一人称の小説と手記は形式的に区分できないですよね。両方とも「私は学校に行った」で始めることができる。でも、何行か読んでみたらはっきり違いがわかる。「小説っぽい」っていうこの感じは何なんだろう？

ファン わからない。何かな。読者としての私は、小説っぽいと感じる小説はあまり好きじゃないけど、一人称で、小説と手記との境界がぼんやりしてる小説は好き。ダニー・ラフェリエールとかクヌート・ハムスン、ジャック・ケルアックなんか。著者がひと癖あるっていうか……ニュアンスがたっぷり感じられる小説が好き。

チョン 作品が変化しているよね。「マザー」、「帽子」、「ダニー・デビート」、「日傘をさす」、「落下する」、「上京」、「ヤンの未来」、「笑う男」。もちろん当然だと思う。僕もそうだし。その変化を作家はどう認識しているのか知りたいんだ。少し乾いた感じになって、笑いが消えたような気がするけど。

ファン 笑いはあんまりなかったと思うよ。無表情だったのが、表情を持つようになってきて、それは歪んだっていうことだな、という自覚はある。

チョン 書きだす前に、あれやこれや書くことを決めるでしょ。これを小説に書こうとか、または書けるとか決める条件がある？

ファン 最初の文章が書ければ書ける。それを書くのにちょっと時間がかかる方だけど。どういう理由であっても、最初の文章が書けなかったら、それは書けない原稿。

チョン　よくある質問だけど、あなたにとって良い小説とそうでない小説を判断する基準は何？

ファン　本を読み終えて、2回読みたいかどうか考える。そう感じるなら私にとってはいい小説。そんなふうにいいと思う小説はけっこうあるけど、あんまり共通点がないから、これだという基準ははっきり言えない。

チョン　最近読んで面白かった本は何？

ファン　キム・ジョンヨプ先生の『分断体制と87年体制』を読んでるけど、面白い。『最終講義』もまだ終わりの方が残ってるし、白井聡の『永続敗戦論』も面白く読んでいる。表紙と帯のデザインがきれいだから買ったんだけど、内容も良くてね。

チョン　社会学や人文科学の系統にすごく関心があるみたいだ。

ファン　現実の文脈をちょっとずつ推測していく面白さがある。自分がぼんやり想像していたことがきちんと整理された思考になっていて、それに出会う面白さもあるし。それと人文・社会学の本は名詞がいっぱい出てくるでしょ。学者が苦心して選んだ名詞が。私は本を音読で読むから、名詞を読むのが面白いの。子どものころ本を読んでいたのもそれが面白かったから。ハングルは早く覚えた方で、小学校に入る前に本を読んでいた。

チョン　小学校に入る前っていうと、6歳じゃない？

ファン　もっと小さかったと思う。いとこたちがうちに本を捨てていったの。厚いハードカバーで縦組みの本を何冊も。世界文学全集みたいなの。ロシアの作家の本を読むのが好きだった。ラスコーリニコフとか、ネフリュードフとか。そういう名前を読むのが面白くて。何のことだかもわからないのに。

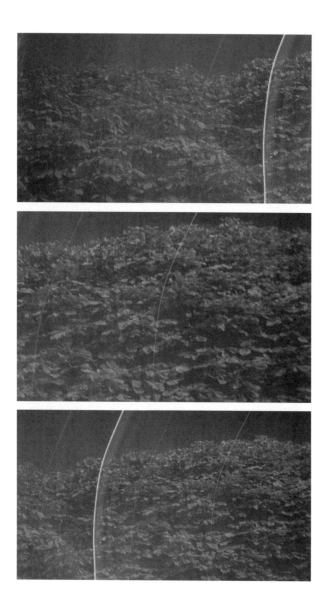

チョン　衝撃的だな。6歳でドストエフスキーを読んだなんて。僕はそのころ字を見るだけで腹が立ってたのに！

ファン　音にすごく関心があったの。その名前を読むときに出る音が面白くて、それで読んでたんだ。

チョン　それはわかるな。ロシア語は音自体が音楽みたいな感じがするからね。えーと……書いた小説の中でどれがいちばん好き？　この質問が変なら、内心ひそかに良く書けたと思ってたり、気にしている小説がある？

ファン　いちばん気にしてる小説はいつも、最近書いたもの。

チョン　あ、ノ・スンヨン（以下、ノ）先生は最近、ジョンウンさんの初期作をけっこうたくさん読んだとおっしゃってませんでしたか？

ノ　たくさんは読んでない。それより昨晩、夢を見たんだけどね、僕が動物園に行ってフラミンゴを10羽盗んでくるんだよ。家の前の水たまりにそいつらを放してやったんだけど、でもずっと気まずくて、警察に行って自首して、フラミンゴたちを連れていくところで目が覚めたんだけど、その前日に僕が読んだのが『七時三十二分象さん列車』なんだ。パ氏がフラミンゴ舎にいないフラミンゴを見たがるだろ。そのイメージが残っていて（夢を見たんだと思う）。あれを読んでから、『ゲーム・オブ・スローンズ』のシーズン7の3話を見たんだけど、あのショッキングなシーン、いざ、娘の仇を……

ファン　あっ。

チョン　あっ。

ファン　だめ。

チョン　『ゲーム・オブ・スローンズ』のネタバレはほんとにしちゃだめ。

ノ　（笑）ものすごく感情をかき乱されるシーンだったのに

それは夢に出てこなくて、小説のシーンが出てきたのが不思
議でね。

チョン　すごくいいね、そういう感想。

ファン　いざ、娘の仇を……っておっしゃったけど、仇はと
れたんですか？　恨みを晴らして解決したから、夢に出てく
る必要がなかったんじゃないかな？

ノ　（確信を持って）余韻は残ってなかった。そこで完全に消
耗して、感情がそのまま全部出ちゃったからかもしれない。

ファン　小説では見たいものは見られない。何かが残ってい
るから。不思議だね。

チョン　夢を見たあとそれをメモするって前に言ってなかっ
たっけ？

ファン　いまもやってる。

チョン　最近、印象的だった夢でメモしたものがある？

ファン　電気がつかない夢。自宅にいて、暗いから電気をつ
けようとするんだけど、スイッチをいくら押してもつかない
の。何か調子が悪いとき必ず見る夢。

チョン　それは不安なことがあるたび見るの？　何回見た？

ファン　あんまりしょっちゅう見るから、スイッチを押して
も電気がつかないと夢だなってすぐわかる。夢はいっぱい見
る方。何か良くないことが起きる前に夢を見ることもある。

チョン　つまり予知夢みたいなものかな？

ファン　そうみたい。

チョン　じゃあ、夢を信頼してる？

ファン　してる。

チョン　夢をはっきり覚えているなんて。印象的だ。僕は夢
を、口で言えるような形では覚えておけないよ。覚えてるの
は良かったとか悪かったってことだけで、感情だけが残って

『野蛮なアリスさん』（ファン・ジョンウン著、斎藤真理子訳、河出書房新社）

る。内容は消えて。

ファン　そうだね。小説を書いててすごく疲れていたり、感情的につらいとき、私は寝るの。一度死んで起きようと思って。毎回眠りから覚めると、死んでまた生き返ったみたいな感じがする。現実で行き詰まってたり、ずっと考えていることの手がかりを夢で手に入れることもある。『野蛮なアリスさん』を書いているとき、アリシア兄弟の母親の声も夢で聞いた。桃のお酒で有名な村について話してるんだよ。ある女の人が、とってもなめらかできれいな声で気味の悪い話をしてるのね。夢でその声を聞きながら、ああ彼女だなと思った。その人物についてずっと考えていたから夢に現れたんだっていう気もしたし。目が覚めるとすぐに書き取った。

チョン　羨ましい。たとえば夢と現実とを、ジョンウンさんが中間で同期化してるのかな？　行ったり来たりできるんじゃないか。

ファン　そういうことは多くはないよ。でもこんな話、面白いのかな？

チョン　僕は面白いけど。

ファン　霊魂とか、夢とかの話が多くて……たいへんなことになってるよ。

チョン　そんなことない。面白いよ。ほんとに聞きたかったことだし。

＃５「あーもういいです」の世界から

チョン　いちばん耐えられないことって何だろう？

ファン　言葉だと思う。

チョン　何が苦痛？

ファン　言葉だと思う。

チョン　幼年期のあなたのことが知りたい。家族が描写したり説明したりするあなたはどんな子だった？　自分で思い出そうとするとどんな風景や場面が浮かんでくる？　何を考えてる？

ファン　おとなしかったとも言われるし、すごく手がかかったとも言われるし。よく一人で遊んでいて、急に玄関のガラスなんかを足で蹴って割ったこともある。５歳まで住んでいた家は雉峴（チヒョン）*にあってね。２年ぐらい前にそこに行ってみたら、まだあった。その家の板の間に大きな飾り棚があって、いちばん下の段が引き戸になってた。そこに閉じこもって本を読んでたよ。近所の子たちが門の外まで来て遊ぼうって呼んでも、嫌だって答えて。ジョンウン、遊ぼって誰かが言うと、棚の外に頭を突き出して、やだよーって叫んでたんだけど、そのときのイラッとする感じをいまも覚えてる。

＊　ソウル市江西（カンソ）区傍花洞（パンファドン）にある地名

チョン　朗読会とかイベントみたいなものをやるとき、いちばんよくされる質問は何？　その質問をそんなに何度もされる理由は何だと思う？

ファン　よくわからない。名前に関する質問かな？　人物の名前に情報価値をあまり置いてないみたいだけど、っていうような。去年とおととしは、睡眠導入用に書いてほしいんだけど朗読ファイルをYouTubeにアップする気はないかっていう質問が毎回あった。印象的だった。

チョン　書いてないときは何をして過ごしてる？

ファン　いま書いてるもののことを考えてる。または、ほんとに悔しかったり恥ずかしかった瞬間について。

チョン　楽につきあえる友だちがいる？　作家の友だち？　でなかったらどういう人かな？

ファン　毎日会う人たちがいる。大切な人たちだけど、そのうちのある人は同じ空間にずっと一緒にいると疲れるし、ある人はずっと一緒にいないとかえって疲れるからおかしい。

チョン　彼らはあなたをどういう人だと思ってるのかな？

ファン　わからないなあ……一時期私をサイテーだと思ってた、ってことは知ってる。

チョン　読者に対してはどういう感情を持ってる？

ファン　ありがたいと思ってる。何か、寂しくて。いつも見送りをするような気持ち。どこか遠くに行く旅行者たちを見ているような感じがする。

チョン　最近、ものを書くうえでの悩み、大きくいえば文学的な悩みがある？

ファン　いま、締めくくりに入ってる小説をいったいどうやって終わらせるか……いまからでも、とても書けないって電話した方がいいんじゃないか……そんな悩みがある。

チョン　ところであなたは、過去といまを比べるとどっちが怖い？

ファン　過去には、このまま時間がどんどん過ぎてしまうと思って焦りがあった。20代前半に。いまは、ある感覚が壊れることが怖い。文章を書く一人の人間として、私には陶酔感と自尊感情がある。自分自身への信頼ともいえるかもしれない。起伏と落差がすごく激しい感情があるんだけど、白紙に何かを書いていくためには、そういうものがある程度ないとね。でも、それが壊れるときがあるの。そうなると徒手空拳だよ。

チョン　愛する人を失いそうになるから？

ファン　あ、その可能性ももちろんある。自分だけがわかる程度に持っている陶酔感と自尊感情なんだけど、それがすーっと消えてしまうときがある。この何年か、韓国の文壇にはほんとにいろんなことがあったでしょ。恥ずべきことも多かったし、バカにされたりあてこすりを言われることもよくあったし。その時期に、私の核になる部分がちょっと消えてしまったみたい。何にせよ、小説を書くことはとても個人的な作業で、私は常に集団とは距離があったと思うけど、集団に浴びせられた非難を個人的な侮辱として味わった。自分でもちょっと笑っちゃったし、面食らったけど。自尊感情であれ何であれ、自分の素顔を見たんだよね。書くこと、読むこと自体ができなかった。それまでの核を徹底してはぎ取ってまた作っていくしかなかった。自己欺瞞みたいなものを認めることから始めて。

チョン　どうやって乗り越えたの？　そういうことがあるたびに。

ファン　特別な方法はないよ。読んで、書くこと。うまくい

かなくてもただもう継続するしかなかった。それで「Hangin'
Tough」を思い出した。ニュー・キッズ・オン・ザ・ブロッ
クの歌だけど、ヨンジュンさんは知ってる？

チョン　「Step by Step」しか知らない。

ファン　Tough っていう単語を、私はこの歌で初めて知った
な。10 代のとき好きだったんだけど、この歌って、しつこ
く、うんざりするほどくり返すでしょ、「Hangin' Tough」っ
て……。Tough っていうリズムが必要だね。韓国で小説を書
きながら生きるというのは、「あーもういいです」の世界と
の対面でもあるから。

チョン　「あーもういいです」の世界？　何のこと？

ファン　うん、どんなこともそういう面があるだろうけど
……しばらく前に、主に青少年が参加する文学キャンプに
行ったんだけど、話せば話すほどまぬけなことばっかり言
うことになったんだ。そしたら、すごく退屈したんだろう
ね、男子学生の一人が「あのー」って質問を二つしたんだけ
ど、最初の質問が「ところであなたの本は書店で売ってます
か？」。2 番めの質問は「ネイバー*で名前を検索すると出ま
すか？」だった。相当挑発的なニュアンスだったよ。

チョン　何で言えないんだよ、そうだよって。

ファン　自分なりに答えてたら、本当に大声で叫ぶんだよ、
「あーもういいです」って。

チョン　それがいまジョンウンさんをしんどくさせてる事件
なの？

ファン　っていうより……そうだね、しんどい経験だった。
黙ってろってことだからね。話を遮られた経験がけっこうあ

*　韓国最大のポータルサイト

るから、「もういいです」の世界には嫌悪感と恐怖がある。

チョン　何でそんなに、話を中断されることがよくあったのかな？

ファン　何でって？

チョン　どんな幼年時代だとそうなるかなと思って。

ファン　そうね。まわりの大人たちに余裕があまりなかった。同級生たちとも仲が良くなかった。

ノ　口数の多い方だった？　お母さんやお父さんによく話をする方？　うちの子は、上の子が無口で二人めは口数がけっこう多い方で、二人めが何だかんだずっとしゃべってるんだけど、実は僕は注意して聞いてはいないんだ。だけど聞いているというサインはずっと出してるんだ。リアクションはする。でも、それはいいことなのかなって気が急にしてきた。考えてみると、話をしてるときに突っ込んでくる人がすごく多いんだよ。声が小さいとそうなることもある。僕は、攻撃的に出ないと、人に突っ込まれるタイミングがあるみたい。

ファン　みんな言いたいことがいっぱいあるから、タイミングが難しいよね。ポッドキャストラジオでサブの進行者をやったことがあるんだけど、タイミングの問題でずいぶん苦労した。タイミングがよくわからなくて。いま聞いた話について考えているとタイミングを逃したり。みんなの話を聞いていると少しは私も言いたいことが出てくるんだけど、それを言おうとしてタイミングをうかがってると心臓がすごくドキドキして、胸が痛くなる。みんなの言ってることもよく聞こえなくなるし。それで、人といるときはただ聞いてる。できなかった会話を家に帰ってから小説でやることもあるし。

チョン　読者でも評論家でも、あなたの小説への印象的なフィードバックはある？

ファン　全部印象的だ。ありがたいフィードバック。自分の趣味に合わないから許せないという反応もね。フィードバックをもらうと、フィードバックの話者のことをよく考えるようになる。その言葉を言っている人の表情なんかについても考える。

チョン　自己啓発書では失敗と成功について多くのことが語られているよね。あいにく小説には、これこれをやったら成功した、みたいな事例がたくさん出ていそうにはないから、もしかしたらそれで社会や大人たちは小説を役に立たないものだと思うのかもしれない。失敗した人生とか成功した人生とか、そんなのがあると思う？　もしそうなら、何が失敗だと思う？

ファン　人生はただ人生だと思う。失敗や成功では語れない。失敗した読書については言えることがありそうだけどね。ある本が気になってレビューを探していたら、読書量がものすごい人のブログを見つけたことがある。そのブロガーはいろんな種類の本をすごくいっぱい読んでるのに、自分が読んでいる本から、もう知っていることばかり見つけ出してるの。愛する人がプレゼントにくれたという本を読んでも、自分の知識を自慢して、その本を言葉でこねくり回していた。読書が自己確認にすぎないなら、どうして読むんだろう。でも、それがどの本だったのか全然思い出せないんだ……私の本だったんだろうけど。

2017 年 8 月 7 日
ソウル市麻浦区西橋洞で
（『Axt』2017 年 9・10 月号掲載）

ファン・ジョンウン（黄貞殷）

2005 年、京郷新聞の新春文芸に当選して作家活動を開始。短編集『七時三十二分象さん列車』、『バ氏の入門』、『誰でもない』（斎藤真理子訳、晶文社）、長編小説『百の影』『野蛮なアリスさん』（斎藤真理子訳、河出書房新社）、『続けてみます』がある。韓国日報文学賞、申東曄文学賞、若い作家賞、李孝石文学賞、金裕貞文学賞などを受賞。

インタビュアー　チョン・ヨンジュン（鄭容俊）

92 頁参照。

翻訳　斎藤真理子（さいとう・まりこ）

翻訳者。訳書に、チョ・セヒ『こびとが打ち上げた小さなボール』（河出書房新社）、ファン・ジョンウン『誰でもない』（晶文社）、『野蛮なアリスさん』（河出書房新社）、チョン・セラン『フィフティ・ピープル』（亜紀書房）、などがある。パク・ミンギュ『カステラ』（ヒョン・ジェフンとの共訳、クレイン）で第 1 回日本翻訳大賞を受賞。

キム・ヨンスというパズル

キム・ヨンス

文 ノ・スンヨン
写真 ペク・タフム

1,000 ピースパズルの９つのピースで

　一山^{イルサン}に住んでいるというと、すぐにこう尋ねてくる人がいる。「それなら、キム・ヨンスさんのことよくご存じでしょう」。知らないと言ったら恥ずかしい気がして、「一山ですからね」と言葉を濁してさっと話題を変えた。そんなこともあって、少し意地になっていたのかもしれない。『Axt』の編集会議で、次号のインタビュイーにキム・ヨンスの名前が挙がったときに私が黙っていたのは、（新入り編集委員として）編集部の雰囲気をうかがっていたからだけではない。順番通りにいくと私がインタビュアーだったため、前もってキム・ヨンスの本を手あたり次第読んでいた。読めば読むほど、キム・ヨンスという人が知りたくなった。

　キム・ヨンスの言葉通り、どんな人かを知るということはパズルをはめていくのと似ている。「伝記の執筆をしていて……論理を徹底的に組み立てるために 100 個の条件を前にしただけで、僕らは複雑な風景画を見ていると思いこんでしまう……これはそもそも 100 ピースでもって 1,000 ピースのパズルを完成させようと意気込んでいたときからわかっていたことだ」（『グッバイ、李箱^{イサン}』107 〜 108 頁）。キム・ヨンスの小説とエッセイから彼を理解するためのキーワードを選んだ。音楽、ジョギング、ストーリー、韓国語、善と悪、人工知能、小説と小説家、歴史小説、小説リスト。これらのキーワードでキム・ヨンスという人物を再構成できるだろうか。1,000 ピースパズルの９つのピースで。

　７月 27 日午後４時に、合井洞^{ハプチョンドン}のホームメイドバーガー

店「西橋洞果樹園〔ソギョドンクァスウォン〕」で『Axt』編集委員3名（ペ・スア、ノ・スンヨン、チョン・ヨンジュン）と編集長ペク・タフムがキム・ヨンスと向かい合わせに座った。編集委員のペク・カフムは、作家のチョン・ミョングァンとギリシャに出張中で欠席だった。キム・ヨンスの第一印象で何より心に残ったのは、優しげな目元だった。こちらがどんな質問をしても受け流したり、怒ったりはしなさそうな、優しいまなざしをしていた。ぎこちない雰囲気を和ませようと、少し前に読んだ「小説リスト」＊の内容に触れた。日本に長期滞在するために、一大決心してMacBook Airを買ったが、左側のシフトキーが壊れて、半年間一行も書けずに帰国したという話だった。

「小説リスト」でキム・ヨンスはこう書いていた。「ものを書くというのは、どれほど繊細なことに影響を受けるか皆さんご存じですか？　左のシフトキーが壊れたらその瞬間から執筆は中断します。皆さんはエンジニアだから右側のシフトキーを代わりに使えばいいと言うかもしれませんが、左のシフトキーで入力できる文字は左の小指でしか入力できないんです。たとえば『애（え）?』という文字を書けないんだと思うと、僕はもう何も書けない」。インタビューでもキム・ヨンスはこう言った。「あのときは自分にかなりプレッシャーをかけていたので。左のシフトキーが使えないっていうのも、ものすごいストレスだったんですよ。クォーテーションマークを打てないというのは相当な苦痛ですから」。腎臓は片方なくても生きていけるが、文章は左側のシフトキーがないと書けない。キーボードが変わると仕事の効率が半減する私は、

＊　キム・ヨンスのほか、翻訳家、ライター、編集者、新聞記者らが運営する小説書評サイト。2018年1月をもって終了した

彼の話に共感できた。「スクリブナー」という編集ソフトのために MacBook にこだわるのも納得がいった。このソフトのウインドウズバージョンはまだ不完全らしいから、これで私にも MacBook を買う理由が一つできたことになる。

一つ目のピース：音楽

　　キム・ヨンスは音楽が好きだ。子どものころ、金泉でエレキギターを練習しながらバンドマンを夢見て育ち、小説にも音楽がよく登場するだけでなく、音楽評論家として活動したこともある。キム・ヨンスの音楽はクラシックではなくポップスだ。音楽は思い出を呼び起こすからだ。「『Creep』* が終わると、『Fake Plastic Trees』、『Karma Police』、『No Surprises』といった曲がつづけて流れてきたが、それらはどれも僕の20代、30代を代表する曲で、それぞれ思い出の中のシーンとつながっている」（『小説家の仕事』107頁）。キム・ヨンスは「僕が聴けるのは、いま好きな歌だけだ」（同109頁）と語る。いま、キム・ヨンスが好きな歌は何だろうか。

ノ・スンヨン（以下、ノ）　今日、何か聴いていた音楽はありますか？
キム・ヨンス（以下、キム）　今日聴いていたのは「センガゲヨルム」という男性フォーク歌手の曲です。最近3枚目のアルバム『再び森の中へ』が出たばかりで、バンド名に夏が入っていることもあって、夏に聴くのにぴったりだと思いま

* 英国のロックバンド、レディオヘッドの楽曲。次の3曲も同じ

す。ファーストアルバムは冬に出たんですが、今回は夏に出たのでよく聴いているのと、最近は、日本の「SEKAI NO OWARI」——僕が「世界の終わり」という表現をよく使うので、バンド名に興味が湧いて——も聴いていて、とてもいいのでちょっとびっくりしました。

> キム・ヨンスは「Bugs Music」*で音楽を聴くという。CDは山積みになっているが一つも聴かず、LPはずいぶん前に処分した。「LPは荷物になる。引っ越しのたびにかなりの荷物になって、思い切って捨てることにした。新しい、いい音楽は常に出てくるのだから。そういう音楽を探して聴く」

ノ　ギターは子どものころに始めたのですか？
キム　高校のときからです。中2でポップスを聴き始めました。「デュラン・デュラン」が大好きで、当時は自分で演奏してみようとまでは思っていませんでした。中3になって「ディープ・パープル」を聴くようになって、リッチー・ブラックモアのギターがあんまりかっこいいものだから「ギターが弾けたらいいな」と憧れて。バンドを結成したくても、金泉という小都市だったせいもあって、バンド仲間を集められなかったんです。当時、唯一音楽の話をできたのが作家のキム・ジュンヒョクさんでした。彼もギターをよく弾いていたし。それでバンドのようなものを作って、高3になったんですが、あのころ何がいちばん必要だったかというとタブ譜なんです。タブ譜を手に入れたい——たとえばゲイリー・

＊　韓国の音楽配信サービス

ムーアの「Parisienne Walkways」を弾きたい——でも、手に入らないんです。『月刊ポップソング』にペンパル欄があるんですが、バンドでギターを弾いているソウルの子とペンパルになって。その子にこちらの事情を話しました。「ここは田舎で、日本の『BURRN!』を見るとタブ譜がいつも載ってるらしいけど、その雑誌を手に入れる方法がない。でも

『Parisienne Walkways』をどうしても弾いてみたい」と言ったら、その子がコピーをまたコピーしてぼやけているタブ譜を送ってくれて。そういうので練習したものでした。

　その後、その子に会いにソウルに行きました。大学路にあるMTVというライブハウスへ一緒に行くと、ヘビーメタル好きが集まっていました。その子が言うには「ソウルの永文高校で『ハイソサエティ』というバンドをやっていて、自分

も一生懸命やっているが挫折しそうになってばかりだ」と。なぜなら、曲を聴いてすぐにギターのフレーズをさっと弾ける人がいると言うんです。僕らなんかは絶対音感がないから、タブ譜がないと弾けない。ものすごく練習すれば同じように弾けるけれど、いま聴いたばかりの曲のギターフレーズをすぐに弾いたりはできない。でも、それができる子がいるのだと。それが、シン・ユンチョルでした。田舎者がソウルに出てきて、もっとタブ譜が欲しいなどと言っているところにそんな話を聞かされて、「これは自分の進む道じゃない」と思って、その瞬間に音楽への道はあきらめました。

　　　シン・ユンチョルは韓国ロックの草分けシン・ジュンヒョンの息子で、ギタリストのシン・デチョルの弟であり、「ソウル電子音楽団」でギターを担当している。キム・ヨンスはよりによって音楽の天才と自分を比べて音楽への道をあきらめたのだ。偶然のいたずらによって。しかし（後にわかるのだが）、小説を書くことになったのも偶然からだった。
　　　『君が誰であろうと、どんなに寂しかろうと』に、プロテストソングの一節がいくつか出てくるが（「冬が過ぎ春が来ると……行こう、行こう、あの自由の地へ……長い長い夜だったから……抑圧の夜だったから……ぼんやりとした路灯に夜霧が降りたんだ……」）、どれも知っている歌だった。キム・ヨンスと私は同時代を生きていたのだろうか。歳は少し離れているが、彼が除隊して復学した年に私は浪人を経て大学に入学した。

キム　僕が復学したときは、大学の雰囲気はだいぶ変わって

いました。専攻学科の部室にエレキギターが置いてあったんです。僕らが入学した当時は、エレキギターは米国の帝国主義の産物だからとステージでも弾かなかった。なのに、後輩たちはエレキギターを弾いていたからびっくりしました。

ノ 私は中学・高校のときは教会に通っていて、毎日聖歌を歌い、大学に入ってからはプロテストソングを歌っていました。社会運動のための歌を作るサークルに入っていたので。キム・ヨンスさんは「打ち上げに行くと先輩たちがトロット*を歌っていた」と話されていますが、私たちは打ち上げでもプロテストソングを歌っていたんです。

キム 不思議ですね。酔うとだいたいがトロットに流れるのに。

ノ だから国内歌謡やポップスに触れるチャンスもなくて、キム・ヨンスさんを羨ましいと思っていました。音楽にもとても詳しいし。

キム 軍隊に行く前ぐらいから音楽は聴かなくなったんです。国内歌謡やポップスは聴かず、除隊してからまた聴くようになった。その間に「ニルヴァーナ」が登場して、初めて聴いたときびっくりしました。いま思えばずいぶん昔のような気がしますけど。当時はポップスも聴かせてもらえなかったし、ビリヤードもさせてもらえなかった。ビリヤード場に行って見つかると、先輩たちに怒られて。当時のキャンパスは NL*が主流だった。うちの大学は PD の息がかかっていたけれど、結局 NL が制圧していました。

....

*　演歌から派生した韓国の音楽ジャンルで、韓国演歌とも呼ばれる
*　1980 年代後半に台頭した民族解放民衆民主主義の革命理論で、"National Liberation People's Democracy Revolution" から頭文字を取って民族解放運動を指向する NL、民衆民主主義運動を指向する PD と呼ばれた

かつての学生運動用語が飛び出してくるにつれて、イ
ンタビューは過去を回想する雰囲気になった。世代間
の断絶といったものについて。

ノ　最近耳にした話ですが、大学の講義で、学生に親しみや
すいように映画をたとえに出しても、学生たちにはその比喩
が通じないらしい。

ペ・スア（以下、ペ）　決定的な断絶だと思いますよ。わかり
やすくするための引用だというのに。

チョン・ヨンジュン（以下、チョン）　小説の授業もそうです
ね。ある物語の題材に関して小説を引用しても通じないから
映画をたとえに出すしかないんです。小説はもっと通じない。

ペク・タフム（以下、ペク）　『パルプ・フィクション』* につ
いて話してみても、学生はあまり知りません。すごく重要
な映画なのに。

キム・ヨンスは詩を書いていたことから、歌詞にも関
心が高いだろうと思い質問をしてみたところ、実はす
でにれっきとした作詞家でもあることがわかった。

ノ　歌は詩に曲をつけるものだと言いますが、詩を書いてい
て歌詞を書きたいと思ったことはありますか？

キム　音楽を聴くのには2種類あって、個人的に好きで聴
くのは歌詞のある音楽で、小説を書くときは歌詞のない音楽
を聴くほうですね。音楽を聴きながら感情を引き出したいと
思っています。そういう点では「センガゲヨルム」みたいな

* 『Pulp Fiction』（1994 年、クエンティン・タランティーノ監督）

音楽が好きです。歌詞を書いてみたいと思ったことはもちろんあります。歌だって作ってみたいと思っていたくらいだから。一度依頼があったんです。「ザ・ムーンシャイナース」というバンドの曲なんですが、もともとついていた歌詞が気に入らないから変えてほしいという内容でした。でも、いくら聴いてみてもまったく感じがつかめない。ならばあきらめたほうがいいのでしょうが、とりあえずひたすら聴きました。そうしているうちにだんだん歌詞が浮かんできました。「空気も読まずに」という曲です。でも歌が全然だめなんです、そのバンドのメンバーたちが。良い歌なのにキーが高い。チャ・スンウという、「ノーブレイン」でギターを弾いていた人と親しくなって一緒にやることになったんですけど、彼の母親が歌詞をとても気に入ってくれたそうです。

　そんな感じで作詞をしたことはあるものの、かなりたいへんでした。すでに出来上がっている曲に合わせないといけないので。それに、自分が歌をちゃんと歌えないとだめかもしれない。メロディに合わせて言葉がすらすら出てこないと。面白そうでやってみたものの、いざやってみたら難しかったですね。

ノ　詩を翻訳するとき、以前おっしゃっていたように、音楽的ともいえる韻律が韓国語に翻訳されると消えてしまうわけですが、それをあえて自覚して訳していますか、それともできる限り生かそうとしていますか？

キム　最初から韓国の詩だったかのように訳そうとしています。「韓国人がこの内容を詩に書くとしたらどう書くだろうか」と思いながら。たとえばですが、「わびしい身の上」と訳したくても、「身の上」という言葉が英語にはありません。でも「これは絶対に、身の上、わびしい自分の身の上」だと

いう気がしたら、「身の上」として訳してこそ生きると思うんです。ニュアンスをこめたい。「韓国人だったらこう書いただろう」と思いながら訳しています。

二つ目のピース：ジョギング

　キム・ヨンスと言えばジョギングを思い浮かべる人も多いはずだ。彼はフルマラソンを走る実力の持ち主で、毎年春になると湖水公園を走る。

『ワンダーボーイ』でジェジンおじさんはこう言う。「本を読むとき、バカは知ってることだけを読み、優等生は自分が知らないことまで読む。そして天才は……著者が書かなかったものまで読みとる。見えないものを見て、語られなかったことを聞く」（『ワンダーボーイ』、きむ ふな訳、264〜265頁）。皆さんが天才だとしたら、上記の余白を見て、今年は黄砂がひどく、暑さが厳しかったことを思い出し、納得するだろう。しかし、私のようなバカと優等生のためにインタビューの内容を掲載することにしよう。

ノ　ジョギングについてはいままでもいろいろとお話しされています。冬は休み、春になると走り始めてペースを上げていくとのことですが、いまはいちばん長い距離を走っている

シーズンでしょうか？

キム　そのはずなんですが、この春は走っていません。今年は大気汚染がひどくて走れなかったんです。ジョギングをしにスポーツクラブに行くべきなのでしょうが、そこまでの余力がなくて。

ノ　では、これから徐々に走り始めると？

キム　正直に言うと、いいえ。暑くて走れません。走っていなかったせいで走れないんです。

ペ　じゃあ、秋には走れるのでは。

キム　秋に天気が良ければ走れるでしょう。どうしてこうなったかというと、昨年日本に行ってから走らなくなってしまったんです。また走るつもりです。また走って、1週間後に会いましょう（笑）。

ノ　韓国文学翻訳院のインタビューで「私のバケットリストはサハラ砂漠でマラソンを走ることだ。10年後に走る。40歳になったら」とおっしゃっていましたが、あきらめたということでしょうか？

キム　それは違います。かなり実現性の高い計画だったんです。ユン・スンチョルという友人がいるんですが、極地マラ

『ワンダーボーイ』（キム・ヨンス著、きむ ふな訳、クオン）

ソンのグランドスラムを達成していて、東国大学の文芸創作学科の出身です。文芸創作学科出身にしては珍しく、海兵隊を出ているうえに詩を専攻しているので詩を書くと言いつつ極地マラソンをやっているんです。極地マラソンのコースにはサハラ砂漠とモンゴルのゴビ砂漠、チリのアタカマ砂漠があって、それらを制覇すると南極マラソンの機会が与えられる。その友人がサハラ砂漠を2回走ったので、僕も走れるかと尋ねたら、十分に走れると言われて、じゃあ一緒に行こうと約束したのに結局行けなかったんです。彼は今、無人島・島テーマ研究所長になって、無人島体験に申し込んだ若者たちを連れて無人島でサバイバル方法を教えています。

ノ　短編小説「再びひと月進み、雪山を越えるなら」は、登山用語を用いて非常に正確に書かれていますが、実際の登山経験からでしょうか、あるいは調査して書かれたのですか?

キム　僕は経験してから書く作家じゃありません。たくさんの登山日誌を読んで書きました。登山日誌というのは面白くて、隊員全員が書かなくてはならないんです。どんな隊員であれ、文章力があろうとなかろうと。彼らの書いたものの特徴は、起こったことすべてを自分の観点から正直に書いているところなんですね。たとえば「チョン・ヨンジュンが上でミスしたせいで死ぬところだった。チョン・ヨンジュン、あいつは次の登山には絶対に連れていかない」などと書いてある。実に正直に。ところがチョン・ヨンジュンの記録を読むと、また違っている。「あいつが下でおかしなことをした。あいつがよけいなことをしているのを見た」と書いてあるわけです。

チョン　なんだか居心地が悪いですね。何もしていないのに何かばれたような気がして。

キム とにかく面白かったんです。もの書きの本質みたいなものだと思いました。自分が実際に経験していたらまた別の書き方をしていたかもしれませんが、登山日誌を読んでから原稿を書いたので「自分が書いているものもきっと同じように誤解されるだろう」とも思っていました。そしてテーマが決まった。書いたものには限界がある。誰も真実を語れない。確かに同じことが起こったのに、それぞれが別の話をしていると、どんなことが起こるのだろうか？ 僕はラインホルト・メスナー*が大好きでして。山はそれほど好きじゃないけれど、この人の文章は大好きなんですね。とにかくうまい。この人が「死の地帯」というものについて書いているんですが、「そこに行けば言語がまず最初に絶たれ、あらゆる認識が断ち切られ、空白状態が訪れる。それを過ぎると 8,000 メートル上に登れる」というふうに表現しています。「これこそ本当のもの書きだ」と感じるんです。

ペ 肉体で経験してから書いているんですね、頭で書くんじゃなくて。

ノ マラソンのラストスパートに似ているのでしょうか。

キム マラソンとは少し違うかもしれません。マラソンは科学的な運動だから失敗する確率はほとんどありません、練習しつづける限り。練習をしていない人は、37 キロ以上は走れませんから。終わりに近づくと走れなくなるんです。でも、練習すればそのあとも走りつづけられる、苦しむことなく。マラソンは、そういう人間の肉体的、精神的な強さを称えるものではなく、あくまで規則的な練習の産物なんだと思うん

---

* 1944 〜。イタリアの登山家、冒険家、作家、映画製作者。1986 年に人類史上初の 8,000 メートル峰全 14 座完全登頂（無酸素）を成し遂げたことで知られる

です。ラインホルト・メスナーが言うように、自我を忘れないと通れないような場所などこの世には存在しないと思うんですね。

三つ目のピース：ストーリー

キム・ヨンスが小説でデビューしたいきさつは広く知られているが、今回はかなり具体的な内容がわかった。彼の話を聞いていると、偶然とは、縁を言い換えたものかもしれないと思った。「ストーリー」と「ナラティブ」の違いについての説明も興味深い。「過去に起きたこと」と「歴史」の違いともいえるかもしれないし、ナラティブは一種のパースペクティブ（観点）ともいえるかもしれない。　このパズルのピースを通じて、キム・ヨンスの小説論を垣間見ることができた。

ノ　「除隊前の最後の休暇を取って出てきた防衛＊の先輩が僕の作品を読んで、小説みたいだと褒めてくれたのが小説を書くきっかけになった」とのことですが、当時、その先輩は物語の何に惹かれたと思いますか？　また、人はなぜ物語に惹かれるのでしょう？

キム　防衛に行くまでは詩を書いていて、小説を書くつもりはまったくなかったんです。当時、学生の書く小説といったら、大学生が主人公、じゃなければ抵抗文学のようなもので、そういうのは書きたくなかった。でもある日の帰り道に、書店で村上春樹の『風の歌を聴け』を見つけたんです。いまま

＊　当時の兵役の代替服務

で読んできた日本の小説とも違うし、韓国の小説とはもう
まったく違った。「こういうのも小説になるのか」と思った
んですね。こういうのは小説にはならない、小説ではないよ
うな気がすると思っていたので。それで「これを小説と言う
のなら俺にだって書ける」とも思ったんです。民族文学だと
か抵抗文学だとか、社会主義リアリズムみたいな理論を勉強
してから書くのではなく、ただあったことをそのまま書くの
ならという意味で。自分も書いてみたら短編が 10 編ほど出
来上がった。いままで自分が小説だと思っていたものじゃな
くてもいいんだと思ったら、すごく簡単だった。友人に会っ
てカフェで話をする、そういう類の話をね。

　服務中にすることがなくて「ああいうのも小説だと言うの
なら」と思って書いたわけです。それで最後に書いたのが
「ウイルス」という短編で、例の先輩と遅くまで酒を酌み交
わし、その人を家に泊めた日の翌朝、そっとのぞいたら僕の
その原稿を読んでいた。そして、小説みたいだと。「小説み
たいですか？」と聞いたら、小説みたいだと。僕は小説じゃ
ないと思っていたのに。その言葉がすごく心に残ったんです
ね。だから「これをもう少し長くしてみよう」と思って長く
書いた。当時は毎晩これといってすることもなく、ただ書く
のが面白くて書きつづけていたんです。勤務中は次のシーン
についてずっと考えていて、勤務が終わると家に帰って日中
考えたことを書くんです。すらすら書けたと思う。

　そうやって除隊するまでに 1,300 枚ほど、1 冊分を書きあ
げました。除隊してすぐに詩でデビューし、あと小説がもう
1 冊分あるので「これをどうしようか」と思いながらも、ま
だ「これは小説なのかそうでないのか」と悩んでいました。
1993 年の秋に、当時、貞陵に住んでいたんですが——貞陵

山の頂上だった——近所にクォン・デウンさんという詩人が住んでいて（クォン・デウンさんがきっかけでこの町に越してくることになった）、朝、まだ寝ていたら彼がやってきて言うんです。詩人のイ・ムンジェさんに会いに行こうと。「どこで会うのか」と聞いたら、大東門_{テドンムン}で会うと言う。そのときは大東門が東大門_{トンデムン}*みたいなところだと思っていました。

ペ　北漢山_{プッカンサン}ですよね。

キム　寝起きの半ズボン姿で、サンダル履きでついて行くと、山のほうに登っていく。大東門じゃないのかと聞くと、こっちで合ってると言う。でも、進めば進むほどこれはどうもおかしいなと。這い上がっていくような所もあって。ここはどこなんだと聞いたら、剣岩の稜線だと。剣岩の稜線を越えるというのに二人とも水も持たずに来ていて。イ・ムンジェさんから電話で「大東門にいるから早く来い」と言われて、クォンさんもわけもわからず飛び出してきたんでしょうね。

　たどり着いた大東門は、北漢山の頂上にある門のことでした。その門のそばで、イ・ムンジェさん家族が新聞紙を敷いて海苔巻きを食べていて。挨拶もそこそこに水を飲み、「何も持ってこなかったのか」と言うので、「何も持ってこなかった」と答えたら、残った海苔巻きを１本分けてくれたんですが、そのときお尻の下に敷いてあった新聞紙が「国民日報」だったんです。ふと見ると社告が出ていて、「第１回国民日報文学賞公募」の賞金が当時１億ウォンでした。それで海苔巻きを食べながらそっとちぎってポケットに入れておいたんです。だめもとで「どんなものか気になるし、とりあえず出してみよう」と応募して、そのあとはすっかり忘れ

---

*　ソウル市内にある四大門の一つ「興仁之門（フンインチムン）」

ていました。どうせだめだと思っていたから。ところがある
日、教保文庫＊に入ろうとしたら、入り口のごみ箱に「国民
日報」が捨ててあるのが見えて。ちらっと見ると当選作の発
表があったんです。そこで新聞を拾って読んでみたら、なん
とそこに僕の作品への審査評が載っているじゃありませんか。

ペ　かなり気になる（笑）。

キム　キム・ヒョンギョンさんの『鳥たちは自分の名前を
呼びながら鳴く』が当選していて、僕は本選に残っていた。
びっくりしました。「こんなのも本選まで行けるのか」と。
でも審査評には「あまりにも漫画的でどうのこうの……」っ
て。何事だろうと面食らいました。本選に残ったということ
は、当選の可能性もあったということですよね。実は、当時
『作家世界』の新人賞に選ばれて詩でデビューし、「キム・ヨ
ンス」の名前で応募していたんですが、そこの編集長だった
チョン・ウンスクさんが、小説部門にも応募するよう勧めて
くれたんですね。それで、応募してみたら当選して、小説家
としてデビューしました。

　まったく予想していませんでした。詩は自分が書きたくて
書いたものだし、当選を心から望んでいたので当選したとき
は本当にうれしかったけれど、小説が選ばれたときは、複雑
な気持ちでした。当時、良才洞にあった『世界作家』の版元
である世界社に出向くことすら躊躇したのを覚えています。
そこまで行っておきながら「やっぱりできません」とは言え
ないわけで、しばらくの間、下のカフェで悩んでました。自
信がなかったんです。もし出版されたら、また書けと言わ

＊　ソウル市鍾路（チョンノ）区の光化門（クァンファムン）店をはじめ、韓国全土
に展開している大型書店

れるだろうし、あんなに長いものをまた書く自信がなかった。だから「どうしよう」とさんざん悩んで、賞金がすごく多かったから——賞金が 2,000 万ウォンだった——「そうだ賞金があったよな。とりあえず賞金はもらってみるか」と思ったんです。それで、どさくさにまぎれて本が出て小説を書き始めることになったわけですが、準備ができていない状態でデビューしたので、かなり苦労しました。

ノ　普通のコースをたどっていたら「小説みたいじゃない小説」だから書かなかったかもしれないところを、「小説みたいだ」というひとことが書きつづける原動力になったんですね。

キム　それもそうなんですが、書きつづけるエネルギーはありました。内容じゃなくてエネルギーがあったから 1,300 枚を書けたのであって、そのエネルギーで小説家になれたんだと思います。「これを書きたい」というのはなく、ただエネルギーがあるだけでした。審査委員だった李文求〔イ・ムング〕*さんの言葉がいまも記憶に残っていて「こんな話をここまで長い小説にできるとしたらそれもまた才能だ」というようなことをおっしゃった。いちばん的確な審査評だったと思ってます。内容については、デビュー後に悩み始めました。その前に「小説というのはこれくらい（分量）書くものだ」というのを先に体験していたとは言えますね。

ノ　読者に「キム・ヨンスの小説をより楽しむためのアドバイス」は何かあるでしょうか？

キム　ないです。そんなものはありません（笑）。

＊　小説家。1941 〜 2003。邦訳に『冠村随筆』（安宇植訳、川村湊校閲、インパクト出版会）がある

ペク あるはずがない。

チョン あったとしても言えない（笑）。

ノ 私も高校は理系で、分子生物学科に落ちて、浪人しなが
ら文転して英文科に入りました。でもいざ英文科に入ったら
「英文学」と「英語学」に分かれていて、文学はさほど面白
くなかったんです。だから英語学を学んで、言語学を副専攻
しました。キム・ヨンスさんは学生時代に、作品もかなり読
まれているし、文学が身近だったと思いますが、講義そのも
のはいかがでしたか？

キム 講義も面白かったですよ。僕も予定外の学科に進み、
文学を学ぶことになりました。ちょっと不思議ではありまし
た。僕は、英文科は語学を学ぶ所だと思っていたので、英文
科に行く理由がわからなかったんです。大学に行くなら、英
語は必修だと思っていたので。でも、実際は予想以上に文学
についてたくさん学べて楽しかったです。大学１年の前期
の授業でヘミングウェイを読んだのもとても興味深かったで
すね。作品も面白かったし。少しずつ文学を学んでいきまし
た。決定的だったのは、３年生のときに読んだイアン・ワッ
トの『小説の勃興』。僕の場合は、理系出身だし高校のとき
も文章を褒められたことなどなかったから、ものを書く才能
はないと思っていました。でも英文科には、ものを書いてる
友人がたくさんいました。文学理論もたくさん知っていたし。
僕自身は理系出身だし、そもそも翻訳をやりたくて「英語の
勉強でもしよう」ぐらいのつもりだったんです。当時は、文
学の才能はないと思っていたのでね。

　それに『小説の勃興』というのが、一種の文学社会学のよ
うなもので、デフォーの『ロビンソン・クルーソー』を分析
しているんですけど、新批評みたいに作品の内的分析ではな

く、創作を取り巻く社会的変化全体を考察しているものだったんですね。つまりどういうことかと言うと、ダニエル・デフォーがいなかったとしても、あの時代には『ロビンソン・クルーソー』が出てくるほかなかったということ。その話を聞いて、光のようなものが差しました。創作が個人だけの問題ではないのなら、それは才能だけの問題でもないはずだと。ロマン主義文学はひたすら才能の如何を問います。「作家は生まれるのだ。努力してなるものではない」と言うけれど、文学社会学では、社会の変動によって新しい作家が生まれると捉えるんです。「作家は社会的に誕生する」ということですね。

　その講義を聴いて初めて、「自分も書ける」と思いました。僕自身にとっては意義のあるものでした。英文学科に行かないで希望通り哲学科に進んでいたら、小説を書くことはなかったと思うし、書いたとしても、才能がないと思っていたから、記念に1、2冊書いて終わりだったでしょう。でも、いまはそうは思わない。「才能みたいなものは、ロマン主義的な進化にすぎない」と思っています。自分の文章は感傷的に受けとめられることが多くて、文学にも感傷的にアプローチしていると思われがちなんですが、僕自身はまったく正反対なんです。文章は練習しつづけ、直さないといけない。エンジニアが計測するように、完成度が80パーセントだったら、100パーセントになるまで問題点を直しながら完成品を作るのに近いと思います。つまり、作家個人の感情を高めてその感情を表現したり、魂を取り出して見せることではないと思っています。それが大学3年のときに学んだことですね。

ノ　小説を読むと、多重宇宙を連想させる設定が出てきますが、自分と同じような存在がこの宇宙ではないどこかにもい

るというのは非常に魅力的な世界観だと思いました。そうした世界観が天文学に魅力を感じるきっかけになったのでしょうか？

キム 天文学にも魅力はありますが、実は、僕は瞑想にかなり興味を持っているんです。「悟りというのはいったい何か」と子どものころから考えていて、いまもそうで、その結果いまだによくわかっていない。高校生のときから、20年以上関心を持ちつづけてきたのにこれといって進歩がなく、呆れてしまいます。もし木工を習っていたら技術ぐらい習得してるだろうに、瞑想はまったく技術が向上しないのです。そんな中、頭だけで理解しているものがあって、たとえばラカンの話と似たようなね。僕らがこの世界を受け入れるには言語が必要です。でも言語は主観的なものだから、実在とは異なる言語構造、物語の構造を作らないとなりません。「私」という実在と無関係な話の構造で、それをこの社会はアイデンティティーと呼ぶ、というところまでは頭で理解したんです。

　悟りとはエゴからの解放だとするなら、「そのアイデンティティーを無くして、実在と対面してみる」勇気を出すことだと思うんですが、僕は学校がとにかく嫌なんです。学校でアイデンティティーが強調されるのは、正しい解釈があると思われているからなんですよね。でも、その時点で小説家にできることが生まれる。アイデンティティーがストーリーの構造なら、そのストーリーを変えて、もう少しいいアイデンティティーを作っていける。たとえば、誰かが「人生は悲しく、悲観的だ」という話の構造を持っていたとしたら、それを解体して悲観的じゃないものに変えられるかもしれない。自分のストーリーの構造が変われば、その人は自分の人生を見つめ直すと思う。それは精神分析が行うことだけれど、悟

りというのはその向こう、つまり「アイデンティティーはどれも悪いものなのだから、良いアイデンティティーなんてものはない。だからストーリーそのものを無くすべきだ」というところに至ると思うんです。

　並行宇宙にも関心はありますが——もちろん「天文学的に」別の宇宙は存在しているわけで——また別の話を作るというやり方でアプローチする問題ではないような気がします。「僕がここではコーヒーを飲んだけれど、別の場所ではビールを飲んだはずだよ。心が落ち着くから」みたいなアプローチは個人的にはとても好きですね。作家としては並行宇宙というのは、どんな言語を使うかによって姿が変わってくる無限の世界に近いと思います。ボルヘスが言った「終わりのない二つの分かれ道」ではないでしょうか。僕がどんな言語で解釈するかによって現実が変わっていくのだから、これをくり返していけば、結局はたくさんの現実の中から一つを選んだという意味で、多重宇宙は存在すると思います。そういう観点で、皆小説を書いているのだと思います。

　現実を言語で解釈し、その結果としての現実をまた解釈し、反応しながら、自分だけの世界を確固たるものとして作りあげる。そうであるならば、別の解釈、別の言語を使えば、別の世界を作れる。だから僕が小説を書くときも同じなのは、ストーリーは、まるで実在しているかのように、小説の外に存在しているということなんです。僕はストーリーがあって、そしてナラティブがあると思っています。ストーリーはシノプシスみたいなものです。「愛し合う二人が結婚して生きていく」というのがストーリーならば、これをどう解釈するかがナラティブだと。悲観的に見れば「結婚して子どもができたらたいへんになる。最初はいいかもしれない、幸せそうに

見えるかもしれないが」とも書ける。これはあるアイデンティティーを選んで書いた場合で、そうではない書き方もある。もう少し明るく、たとえば「たいへんなこともあるだろうが、それを乗り越えながら二人で一緒に生きていく」というふうに。

　僕は、ストーリーではなくそれを解釈したナラティブが小説だと思っています。だから小説を書いたあとは、いつもこれよりももっといいものが書けたんじゃないだろうか、と思うんですね。「もっといいバージョンがあるかもしれない」という心残りがあります。初めて小説を書いたときに力不足を痛感しました。ストーリーを作るのは簡単なのに、その話を小説にしようとすると実力が伴わないのです。知らないことも多いし、経験も足りない、それに20代ということもあって、基本的に社会そのものに不満をたくさん抱えていました。当然、文章はどんどん暗くなって、書いていてもそれがよくわかりました。いまは当時よりはましになったと思いますが、それでも、現時点で最善のナラティブを書いているのかどうか、いつも不安に思っています。

ノ　そう言われてみれば『グッバイ、李箱』のような歴史小説は、フィクションとまではいかなくとも事実だけを語りながらそこにナラティブを加えることもできます。

キム　歴史的な事実は再解釈の余地がたくさんあるから、ナラティブ化しやすいし、書き直すこともできます。

ノ　最近は非小説を小説のように分類する試みもあるようですが、それも同じことではないでしょうか。私がストーリーを作るのではなく、ありのままに叙述して、どの観点から見るかによって変わってくるというところが。

キム　そうですね。皆違います。同じストーリーでもナラ

ティブが変われば違う作品になるのですから。小説の創作の過程には発想があり、展開がありますが、発想の比重は大きくありません。際立った発想があったとしてもナラティブが良くなければいい小説は生まれませんからね。多くの人は小説をストーリーで理解します。「ストーリーが面白い」と思ったとき、実はそれは発想に当たる部分が面白いと感じているわけなのですが、それを小説に書いてみると、大部分は失敗する。ストーリーはこんなにいいのに、面白いのに、いざ書いてみると陳腐になってしまうんです。それは、ナラティブを考えていないからで、どう語るかを悩まないから陳腐にならざるをえない。

　じゃあ「どう書けば陳腐にならないか」と僕も悩みつづけてきたんです。20代、30代で僕が書くと陳腐になる。僕がいま持っているもの、知っているもので書くと陳腐になってしまうんです。僕が人の幸せについて書くとします、そのためにはあれこれ調べて書くでしょう。たとえば「人は自分の仕事をしているときがいちばん幸せだ」という結論にたどりついたとします。それはその当時の僕の価値観なわけです。でも陳腐にならないようにするためには、それ以上のものが必要になってくる。だからそこで行き詰まってしまう。苦しみが始まるんです。その苦しみとは「それが何であれ、僕の考えることがすべてではない」に近いと思います。「自分が書いてることがすべてじゃない。じゃあ書けないものを書くべきなのに——ラインホルト・メスナーみたいに——そのためにはどうやって書けばいいんだ？」と。

　小説を完成させるときは、ほとんどの場合その段階まで行っている気がします。でも終わってみると、その過程を完全に忘れてしまう。だからまた書き始めるときは一から学ば

なければならない。小説を書き始めるたびに僕は自分が持っているもので書こうとするのだけれど、そうするとすぐに行き詰まってしまう。その理由は、ナラティブは、僕という個人が作るものではないからなんでしょうね。きっと別の作業過程が必要なんですよ。だからそのためには、僕が持っているものをすべて捨てることから始めないといけない。そうやって僕自身の解釈が消えない限り、望み通りのナラティブを書くことはできないんです。多重宇宙の話のはずが、ここまで広がってしまいました。

ノ　となると、いわゆるジャンル小説はナラティブがない、乱暴な言い方をすれば、そういうふうにも言えるでしょうか？　ストーリーだけを消費するような。

キム　僕はストーリーしか存在しないものはないと思っています。ストーリーを否定するために過激なことも言うならば、僕は「ジャンル小説のナラティブには内容がない」のだと思います。ナラティブには内容はなく形式だけが存在する。受け入れる側もその形式を消費するのです。極端に言うなら、「観客は構図や俳優の演技を観ているのであって、ストーリーを観ているのではない」ということになります。小説も文字を読んでいるのであって内容を見ているわけではないと根本的には思ってますが、そういうときでさえ人は、内容を読んでいると思っています。ジャンル小説にも規則があると思う。とても美しい規則もある。それを吟味する読者がジャンル小説の読者なんだと思います。ジャンル小説の読者だからといって文字のその向こうにあるストーリーだけを楽しむのではないと思います。

ノ　こんな想像をしたことはありますか？　地球のほかに生命体の存在する惑星があって、知性を持った存在が地球に

やってきたらどうなるか?

キム　僕はそういう惑星があると思っているし、そんな想像を数日前にもしていたところです。第3次世界大戦が偶発的に起こる可能性もあると思います。最近は無差別に銃を使っているし。それでかなりの人が死ぬと、大きな災難が偶発的に起こることもあるだろうし、そう考えるとなんだかバカらしくなってしまう。以前「この世が一つのナラティブだとするなら、いったいどんなしょうもない作家がこんなナラティブを書いたのだろうか?」と疑問に思ったことがあるんです。宇宙人がいるとしたら、地球にやってきて、いかに愚かなナラティブなのかを語ってくれるかもしれませんよ。もし第3次世界大戦が起きたとしたら、「とてもじゃないがこれ以上見ていられない、いいかげんにしろ」と言ってくるのではないだろうか?　そんな想像をしていたところです。

ノ　いまのようなナラティブで世界が回っていかないよう、代案としてのナラティブを提示するのも小説家の役割だと思いますか?

キム　というより、さっきの疑問への答えを最近見つけたばかりなんです。「誰がこんなどうしようもないナラティブを作ったのか」という問いへの。答えを知っているのはイ・ジョンヨンという哲学者です。彼が最近何冊か本を書いていて、その本に出てくる通りに答えるなら「私が作ったナラティブ」ということなります。僕が見ている世界なのだから。この世界の愚かさを認識するのは僕だから。世界には僕が目にしている愚かさを見られない人もいるでしょう。ここで問題がある程度解決したんです。「僕自身の世界の見方の問題なのだ」と。

　そういう点で、さっきおっしゃった「小説家なら、代案と

なるナラティブを提示すべきだと思うか」という質問と通じます。個人的にはそういうふうにナラティブを直していくべきだというのはわかる。個人的にはそういうことで癒されると思うが、「僕個人のナラティブを直すとき、この世のナラティブも本当に変わるのか?」というのは思考実験に近い、実に興味深いものだと思います。まだわかりません。果たして可能でしょうか? 普通は「私は考え直すことにした。あなたもそうしなさい。そしてすべての人が考え直せば世界は変わります」と考えるはずだけれど、そうじゃなくて「自分だけ直せばいい」というのは唯我論の世界だと思います。

ノ 実は人類が滅亡する過程も、より良いもののためと解釈できるかもしれません。

キム 「アイデンティティーはストーリーだ」というのは、初めて小説を書いたときから気づいていましたが、それが発展してここまで来ました。小説は語り方の問題であり、さらには、人生は生き方の問題です。この世界をどう説明するかによって人生が変わってくる。それなら「語る人はどんな人であるべきか」というと、さっき申し上げたように、いまの自分よりもより良い存在であるべきなのだと思います。「執着するな、欲を出すな」という仏陀の言葉通りに行動する話者なら、とてもいい話が出てくるのかもしれません。話者の個人的な特性が消え去るのであればね。でも、そんなことは不可能なわけで、仮にそんな状態になったとしても、そのときはナラティブが消え去るでしょう。それがもの書きの涅槃とでも言おうか。

ノ 『グッバイ、李箱』に「一節として間違いのない同じ詩だとしても、李箱の『烏瞰圖』は不朽の名作で、先輩の『烏瞰圖』はそのものまねにすぎません」(66頁)という箇所が

あります。同じテクストでも一つは名作で一つはコピーにすぎないとするなら、盗用も私たちが考えるものとは違う観点で見なければならないのではないでしょうか。

キム　その通りだと思います。おっしゃられたように、文学社会学によれば、まさにあの時代にあの作品が出たからこそベストセラーになったのだと思います。時宜にかなった、いまのこの世を反映した作品だからだと。それから 10 年、20 年が過ぎると、その部分が希薄になってくる。だから同じテクストが 1930 年代に書かれていたら非常に優れた作品かもしれないが、1980 年代や 1990 年代になると古びた作品になってしまう。脈略が変わってきているので。1980 年代に李箱のように分かち書きをせずに書いていたら、ほかの脈略で読まれる。「あのころはこんなふうに実験的なことをする人もいたんだな」と見るわけで、そういうふうに脈略が変わってきたために同じ作品とは言えなくなる。そういう側面から見ると「永遠の文学性」というのは存在するのだろうか。李箱の作品を朝鮮時代に書いていたら、あの当時にも優れた作品として受け入れられたでしょうか？　もしそうだとしたら、いったい文学性とは何なのかと問うとき、僕はやはり「社会的脈略の中での文学性だ」と思うんです。

　たとえばカフカのような人もいる。カフカが当時は認められず、時を経て評価されたことを永遠の文学性があると主張する人もいるけれど、反対に解釈することもできます。カフカは非常に優れた人物です。未来に訪れる現実をあの時代に経験していたのだから。それをほかの人たちは見抜くことができなかったわけであって。でも時が過ぎると、多くの人がカフカの立場になる。その立場になってみて初めてカフカ的な現実が見えてきて、彼の文学を理解するようになる。条件

が揃ったときに初めて正しく読まれるものだから、むしろ「永遠の文学性を獲得したがためにカフカは死後も評価された」というのとは正反対の分析もできると思うんですね。

ノ いま、文体で悩んでいて、19世紀の小説は古典的な品格のある文体で翻訳しないといけない気がしますが、いまのイギリスの人たちが小説を読むときはそういう感覚を持っていない。でも文体というものがあるわけで。古典的な文体というものが。

キム そういうのは確かにあると思います。日本では夏目漱石がいまも読まれていますが、日本の人たちは僕よりも読んでいない。彼らは当時の原文のまま読まないといけないから知らない単語が多いというのです。でも韓国では最近、玄岩 (ヒョナム) 社から翻訳シリーズも出ました。現在の読者のレベルに合わせて読みやすく翻訳してあるから日本の人に「全然難しくないですよ。面白かった」なんて言えるわけです。「それじゃあ、僕らが読んでいる夏目漱石は本当の夏目漱石なのか」。さきほど時代を超えた文学性に懐疑的だと言ったように、僕は定訳があるという考え方も疑問に思ってます。小説が脈絡の中で読まれるように、翻訳は脈略の中でされるものだから。

ノ 翻訳する過程では理想的な訳文があるに違いないと思ってそれを追求するが、人それぞれ違う。

ペ 理想も人それぞれ違うし、主観的なものだから。

チョン 翻訳家にも文章力が求められる。

キム 翻訳家は文章力がないとだめ。それはもう100パーセント。

ノ 自分の文章力のレベルが翻訳のレベルになりますね。

ノ さきほど再解釈の話が出ましたが、再解釈は人生で新し

く生まれ変わる瞬間と関係があって、人はそれぞれの見方で世の中を解釈するから、互いに異なる話をしていて通じないという問題が出てくる。そういう解釈についてはどう思いますか?

キム　解釈が変わってくるのは仕方がないけれど、それぞれの解釈に価値を置くのは問題だと思います。技術的には翻訳は誰だってできる。だから、定訳はないとするなら、小学生が翻訳しても一種のテクスト、バージョン、翻訳本になる。小学生が理解したテクスト。当然ながら誤訳もあるでしょう。小学生がやりそうな誤訳まで含めてそのテクストを十分に読める。数十年かけて訓練した人の翻訳本は技術的に優れているというだけで、結局それもまたいろんなバージョンのうちの一つだと思う。作品にこめた世界観を語るときも、僕は「技術的に」優れた世界観があると考えるだけで、より良い世界観のようなものはないと思っているんです。良いと言った瞬間、相手のものは悪い世界観になってしまう。そんなのは良い世界観とは言えないと思うんです。

ノ　そうなると相対主義の弊害が出てきかねない。良し悪しがそもそもなくなってしまいます。

キム　それが、僕が最初から批判されているところです。でも自分をどこかに置いた瞬間、相手との間に位置関係ができてしまう。人というのは、自分を少し高い場所に置きたがることはあっても、自分を人より下には置こうとしないものですよ。そうやって自分の正しさを手に入れる。だから良いとか悪いとかいう、相手との位置関係を生み出すような価値を与えてはいけないと言いたいんです。

四つ目のピース：韓国語

ノ　キム・ヨンスさんの小説を読みながら、よく国語辞典を引くんですが、辞書を見ると単語の例文に文学作品が引用されていることがよくあります。小説を通じてしか伝わらない単語もあるんじゃないかと思うんですね。小説というのは、韓国語を保存するうえで、化石化させて保存するのではなく、実際に使われている生きた状態で保存するのに重要な役割を果たすと思うし、作家には韓国語を守る役割もあると思うんです。以前「僕も辞書で調べて書いたのだから、読者も辞書で調べながら読むのは当然だ（その当時はそう思っていた）」とおっしゃっていましたが、いまはどうお考えですか。

キム　いまもその思いは同じです。なぜ、そう言ったかと言うと、言語にも層位があります。いちばん抽象的な層位が存在し——「衣服」のような——その下に行くにつれて「セーター」「ワンピース」といったふうにより具体的になっていく。僕は言語的には論説の世界と小説の世界は明確に違うと思ってます。論説や説教は普遍的な話をするので抽象的な単語がたくさん使われる。小説はたった一人の人についての話をするから、できる限り具体的な単語を使うほかない。具体的な単語を使うのは、世界をもう少し現実世界に近づけるためです。たとえば、ある場所を望遠洞（マンウォンドン）のどこどこと正確に決めると、その次の選択肢がぐっと減る。この人は働く人だと決めれば、キャラクターに関する多くの要素が自然と決まり、こういうのを何度もくり返すうちに具体的な姿が自然と浮かび上がります。逆に、抽象的な単語を使うと選択肢がたくさんあるので、事実上誰の話でもなくなります。そうなる

と話は勝手に進んでいってしまう。

　初めは単純に「使われていない単語をたくさん使って国語の可能性を広げよう」とも思っていたけれど、僕がふだん使わない具体的な単語を使った瞬間に、小説の世界がより現実的に変化するのを経験してからは、「できるだけそういう単語を使おう」と思っています。よく例に挙げるのが「지벅거리다（つまずきながら歩く）」という言葉です。「비틀거리다（よろめきながら歩く）」は酒を飲んでふらつくこともあるし、具合が悪くてふらつくこともあるが、「지벅거리다」は地面がでこぼこしていてつまずくという意味です。この単語を使うと、酒に酔った可能性をなくすことができる。そういうふうに、ある単語を使った瞬間、小説の中の世界が具体的にがらっと変わる。だから、できれば具体的な単語を使うようにしています。

　小説を書くにあたって、これはものすごく、ものすごく重要なことだと思います。経験した世界ではなく、大部分は自分が経験していない世界を小説に書いているのだから、小説の中の世界を実際の世界に近づけるためには、僕にとっていちばん大きな、そして重要な問題です。認識や経験の幅を広げて実際に見て感じて、経験して、アルバイトでもしてみればこんなふうに悩まなくとも、すぐに具体的な単語を思いつくかもしれない。アルバイトをすれば、あの店で売っているものが何なのか、名前もすべてわかる。でも経験しないとわからない。その単語を自分が知らなければならない。具体的な世界を作るいちばんの近道は、具体的な単語を学ぶことでした。だから僕が知らない韓国語の単語の中にそういうものがあれば、とにかく使うべきだと思っている。

　でも、最近は問題が出てきました。インターネット上のネ

イバー辞典で検索してみると（かつてはなかった）「北朝鮮語」
というのが出てくる。たくさんの韓国語が北朝鮮語としても
使われていますが、北朝鮮語という表示の裏には「使うな」
というメッセージが隠れているんだと思います。韓国では
使ってはならないと。だから最近の編集者たちはネイバー辞
典を見ながら「北朝鮮語」を韓国語固有の単語に置き換えよ
うとしている。いったい何をやっているんだと言いたいです
ね。一人でストライキでもしたいぐらいです。こうして語彙
がだんだん減っていくのを感じています。だから小説からも
徐々に語彙の数が減っていく傾向にあるし、相互作用で読者

の語彙レベルも以前とはずいぶん変わってきている。20 年
前の読者が接した語彙数に比べていまの読者が接する語彙数
は明らかに減っていると思います。だから「小説の内容も明
らかに変わったはずだ」と思うんです。

　もし、僕が小説を教える立場なら、具体的な単語を探して
書けと言うでしょう。小説の中の具体的な現実を作る問題と

密接な関係があるから、「おぼろげ」と「ぼんやり」の区別がつく人とつかない人が作る世界はあまりに違う。たとえば主人公の名前を決めるか、決めないかの問題からして違う。「ヨンジュン」といった瞬間、わかることがあると思う。何らかの雰囲気が伝わってくる。「少年」と言ったときとはまったく異なる感じがある。小説を教えるときに小説の内容よりもまず「ヨンジュン」と書けと教えるのが作法の基礎です。「少年」と書けば簡単だが「ヨンジュン」と書けば難しい。「タフム」という名前は珍しい名前だから、かなり難しくなる。さらに絞り込んでいくのが難しくなる。作法としてそうしなければならないのだが、いまの読者たちの語彙はかなり減っている。「使える語彙がこんなに減ってしまったら、小説の内容を構想するときに問題が起きるのではないか」とぼんやり心配しています。

ノ　翻訳をしていると、あまり使われない単語にしょっちゅう出くわします。以前は日常で使われていたけれど、聞きなれない言葉になってしまったものです。「そういう単語をいま使っても大丈夫だろうか」と悩みます。当時の人たちは具体的なイメージが浮かんでくるかもしれませんが、いまはそういう効果が期待できない。

キム　そういう面では、翻訳では使いにくいでしょうね。読者がそれを理解できないから使いにくいし、創作の過程では、あとになってもっと簡単な語彙に直すことはあっても、正確な単語を探して書かないと具体的な世界を作れないと思います。解像度の高い世界を作るのだから。創作過程では北朝鮮語だろうと延辺語_{ヨンビョン}＊だろうと、日本語から翻訳されたこと

＊　中国吉林省の延辺朝鮮族自治州に居住する朝鮮族が使用している朝鮮語の方言

わざだろうと、どれもすべて使うべきだと思います。『世界ことわざ辞典』で見つけた表現もとにかく使う。翻訳では奇抜な韓国語表現を使ってみる。具体的な単語を見つけることが大切だから。でも読者との乖離（かいり）というのは悩ましい問題だと思います。

五つ目のピース：善と悪

　『小説家の仕事』でキム・ヨンスは「人を殺してばかりの小説を人々が嫌う理由は、読者が善良な人間だからでも、そうした小説が人間の猥雑（わいざつ）な裏面を反映しているからでもなく、完璧な物語というのはありえないからだ」（158頁）と語っている。天国は退屈で地獄は面白そうだと言いながら、その反対のことも言っているので真意が知りたくなった。確かに、キム・ヨンスの小説では殺人事件はほとんど起こらなかった気がする。彼は善と悪をどのように考えているのだろうか？

ノ　通念では、罪を犯すためには、ずば抜けて賢くなければならないし、でないとストーリーが膨らまないと思うのですが、それとは反対のことをおっしゃっています。もう少し詳しく説明をお願いできますか？

キム　人は基本的に悪だからこそ「善を行うことはとても難しく、悪を働くことはたやすい」というのが僕の考えだったんですが、いまは少し変わっています。そもそもは、創作の授業で習作作品を読んでいて気づいた問題点でした。習作における神の手、いわゆるデウス・エクス・マキナが何かといえば殺人です。殺人と暴力。問題が起きたとき、物語の構成

上、行き詰まったときに簡単に選べる解決策として殺人が使われることが多いんですよね。最近のニュースを見ると、人は何の理由もなく人を殺しているように報道されていますが、同じような論理でアプローチしているのでしょう。悪を簡単に引き出し、それが人間の根源的な悪であるかのように言いながらも、実は物語としての行き詰まりを避けようとしているんだと。

　小説の終わりが見えないとき、いちばんいい方法は死を選ぶこと。でもそれを避けたいから人間の内面に隠されている悪を取り出したんだと弁明するわけです。善と悪に関する哲学的な問題であれば断言はできないでしょうが、「創作論の観点で見ると、大部分の悪は創作に行き詰まった結果として使用されている気がする。だから、悪で解決せずに善で解決してみよ」という趣旨で話しただけなんです。「善で解決する方がはるかに具体的になるから、殺人があったとしても根源的な悪だと解釈してはいけない、この人はなぜ殺すほかなかったのか」という観点からアプローチすべきだと思っています。善良で人類愛にあふれているからじゃなく、作家というのは、登場人物が体験する出来事に感情移入しない限り、主人公を創り出せないと思うからです。だとするなら、根源的な悪を仮定するというのは感情移入しないという意味になる。もし感情移入するならば、それを根源的な悪として見られないはずだから。

　サイコパスは自分自身をどう説明するでしょうか？　終始一貫自分を根源的な悪だと語る人がどれほどいるでしょうか？　僕はそういないと思うんです。殺人者が自分の犯したことについて根源的な悪だと、「自分の中にある悪だった」などと自分の犯した殺人を説明したりはしないと思います。

もちろん、断言はできない。ユ・ヨンチョル裁判＊を担当した判事に、ユ・ヨンチョルの悪について尋ねたところ、彼は根源的な悪を見たと言ったらしいので、その部分については自信はありませんけれど、小説を書く立場としては、根源的な悪と言った瞬間、距離が生まれて——作家と主人公との間に距離が生まれるから——そういうアプローチはだめだと思っています。

ノ　デウス・エクス・マキナとしての殺人もあれば、主人公が、たとえば傷を負ったり、別れたりする設定のために導入部に殺人を登場させることもあります。

キム　そういうのを否定しているわけではありません。創作の入門レベルでの問題を話しているのであって、『カラマーゾフの兄弟』はもちろん、根源的な悪を扱っているわけで、その効果はすさまじい。それを無視しているのではなく、判断をしっかりしないといけないと言っているんですね。作家ならば、自分が悪を扱っているのか、あるいは小説の行き詰まりを解決しようとしているだけなのかを判断すべきだと。ただし、哲学的にアプローチするのなら、悪は存在すると思いますよ。ここからは哲学の問題です。どちらにせよ、いまおっしゃったような内容は、どれも作者の創作の経験から出てきたものだと思います。小説が書けないときは比較的、安易に悪へと向かってしまうものですし。そうではなくて、綿密にキャラクターを掘り下げていけば根源的な悪なんて簡単には言えなくなるはずだと思うんです。根源的な悪ではないなら、なぜそんなふうに行動するのかを作家は理解していな

＊　2003〜2004年にソウルで起きた連続殺人事件。犯人の名を取り、ユ・ヨンチョル裁判と呼ばれる

ければならないと思います。

ペク　人性論に傾く心配はないでしょうか？

キム　そういう危険性は常に感じています。「善良な小説を書け、人を殺す小説は書くな」というニュアンスに聞こえるかもしれません。経験から言うと、そういう脈略で「悪い小説」を書くとするなら、そのほうがはるかに書きやすいし、結果としては良くない小説が生まれます。

ノ　「プロの小説家？　善良な小説家だって？　そんなのは嫌だ」とおしゃっていますが、善良だというのはこういう感覚でしょうか。

キム　「プロの小説家」というのは記者による表現で、かなり誤解されていて「善良な小説家」というのはほとんど悪口に近いと思う。いままで言われた中でいちばんひどい悪口だと思っています。「善良な小説家」というのはよくわかっていないという意味ですよね。世の中のことを表面的にしかわかっていないという。深く掘り下げなければ、善良な小説家と言えるでしょう。記者がどんな意図で書いたのかはわからないけれども、性格が善良だというのも否定したいですね。自分が善良なら、ほかの対象は悪いものとして見る可能性が高まります。小説が善良だというのはひどい悪口ですよ。小説が善良？　善良な小説をお書きですね？　ひどく順応的な小説を書いているとでも言いたいのかもしれません。伝統によりかかった表面的な小説。安易に悪を扱うなと言ったら、悪を否定したように思われるし、だから小説家の品性と作品性を混同して使うんでしょうね。悪を扱わないと善良だと書かれ、そういう態度で小説を書いているのだと思われる。善良な人間に小説を書くことなんかできるはずがないのに。

六つ目のピース：人工知能

　人工知能が小説を書く時代に、小説家キム・ヨンスは危機意識を持っているだろうか？　小説が生き残れるとしたら、翻訳も生き残れるのではないだろうか、という期待もなくはなかった。ところが、キム・ヨンスは人工知能が書く小説は小説ではないと語る。

ノ　人工知能が書いた小説が文学賞の審査を通過しましたが、人工知能がなんでも書けて、あらゆる空間をすべて探索できるというのは、ボルヘスの言うバベルの図書館を作るというのと同じかもしれません。どんな文章も書けるようになり、通念にとらわれていた人々が思いもしなかったような可能性を探索できるようになって、ありとあらゆる文章が生まれる。じゃあ「どういうものを読むべきか。それを誰が選ぶのか」という問題が再び出てきます。そういう意味で「作家、つまり人間の作家が死んで（著者の死亡）また生き返るのではないか」という点については考えてみたことはありますか？
キム　「いい小説を書きたい」と思っていろいろやってみて、「ドラマティカ」というコンピュータープログラムを使ったことがあります。プログラム自体が創作プロセスを担ってくれて、「思いつくままにタイトルを書いて、あらすじを１行で書いてください。もう少し起承転結をつけてください」という指示に従えば小説が書けます。このプロセスを経ると、シノプシスが中間に出てきて、最終的にはプロットが出てきます。これをもって創作というわけです。先ほど話したように、創作にはストーリーを作ることと、そのストーリーをナ

ラティブ化することの二つがあって、人工知能がストーリー
を作るとします、プロットまでは。でもそこで終わりじゃな
くて、それをナラティブ化しないといけません。「カフェへ
行く」と言ったときと、望遠洞のカフェに行くのか、文来洞
（ムルレドン）のカフェなのか、傍花洞（パンファドン）のカフェなのかで違ってくる。プ
ロットはソウル市内のカフェに行って誰かに会うというと
ころまでなんですね。それだけでも十分詳細だとは思いま
す。でも作家はもっと掘り下げなくてはならない。どこに行
くのか。傍花洞のカフェと望遠洞のカフェは違う。傍花洞を
選んだ瞬間、その後のさまざまな選択が限られてくる。人工
知能は傍花洞にこめられたニュアンスを理解できるでしょう
か？　傍花洞で会う恋人たちと望遠洞で会う恋人たちの微妙
な違いを理解できるでしょうか？　どうしても疑問に思って
しまいますね。入力されたデータがたくさんあればその違い
を突き止められるのか？　僕は難しいと思います。その次の
段階、カフェで会った恋人たちがどこかへ行って寝ることに
なったとき、旅館なのかホテルなのかモーテルなのか家に行
くのかを決めるのは、関連語検索でできるかもしれません。
でも、一連のプロセスで（短編小説一つだとしても）その後に
起こりえるパターンは無数にあるわけで、そのすべてを考慮
して、前後に合った具体的な語彙を正確に選べるのかどうか
となると疑わしいと思います。

ノ　そこまで考えないで書く小説もあると思いますが。

キム　プロットレベルの小説なら書けるでしょうね。でも映
画に例えるなら、人工知能がシナリオは作っても、映画を撮
ることはできません。小説家も映画監督の仕事と同じで、ど
こを背景にするか選ばなければならない。人工知能が最終的
な映画を撮れないのだとしたら、小説も書けないと僕は思い

ます。プロットまでは何とかなるだろうけれど。多くの人が、自分が書いていると思っているのはプロットなんです。創作授業でプロットを作る方法を教える必要はありません、それをどうナラティブ化するかについて教えるべきであって、それが本当の教育だと思うし。映画科でカメラの扱い方を教えるようにアイデアの練り方を教えるのは、監督に映画の素材を尋ねるのと同じだと思います。だから懐疑的なわけです。「それっぽい話は作れるかもしれないけれど、それを最終的な小説と呼べるのかどうか」と考えると。

ノ　ネイバーウェブ小説には一日に数百編がアップロードされますが、ジャンル文法が成り立っているならその程度は人工知能が作り出せるのではないでしょうか。

キム　プロットならば原稿用紙200枚ほどだから十分にアップロードして読めるでしょう。プロット自体は面白いかもしれません。そのレベルで消費することはできる。でも、それは小説テクストではなくプロットなんです。両方とも言葉でできているから錯覚しやすい。でも、映画に置き換えればその違いはわかりやすいと思いますよ。小説を映画にたとえるなら、作家はシナリオを書くのではなく最終的な映像を作る人だということ。だから二つは明らかに違う。もちろんこれは僕の考えにすぎませんが、「これも小説だし、あれも小説だ」と言う人もいるでしょう。でも僕は、人工知能がプロットを書いてきたら「これは小説じゃなくてプロットだ。これを小説にしてみろよ」と言うつもりです。僕が審査員だったら落とすでしょう。「人工知能よ、プロットなんて出してきちゃだめだろ。小説を出してくれなきゃ」と。同意しない人も多いでしょうか、僕はそう考えています。

七つ目のピース：小説と小説家

　あるインタビューでキム・ヨンスは「小説を書くことで忍耐力が鍛えられ、人に対する関心が高まり、たいていのことには驚かないようになった、これも皆小説のおかげだし、機会があれば証言してみたい。小説は一人の人を救った物語だ」と語っている。小説を読みながら想像する作家キム・ヨンスと実際のキム・ヨンスは同じ人物なのだろうか？

ノ　「小説は一人の人を救った物語」であることを証言してみたいと 2008 年におっしゃっていますが、詳しく聞かせていただけますか？

キム　僕は準備のできていない状態で小説家になりました。あるのはエネルギーだけで中身のない状態でスタートしたせいで、ほかの人が「こう書けばいい小説だ」というものを書いていました。いくつか書いてみて、小説家には向いていないと思って書かなくなったんです。会社でまじめに働いていましたが、2 年くらいして、最後にもう一度だけ小説を書いてみようと思ったんですね、書きたいものができて。それが『グッバイ、李箱』で、いまここで話した大部分のことを一通り理解していました。「俺は小説の書けない人間だ、大部分の人も小説を書けない人たちだ、でも小説を書く人たちもいる。彼らはどうやって小説を書いているのだろう？」という疑問があって、その疑問を『グッバイ、李箱』で解決したんです。「私、ではなく別の話者が必要なんだな。その話者が先に作られて、その話者の視点で書かないといけないのか。じゃあその話者はどうやって作るんだろう」というのがその

次の関心事でした。

　そのときは本をたくさん読みました。李箱について書くなら、李箱に関する本をすべて読んで、李箱の研究者レベルにならないといけない。研究者になったつもりでその観点で文章を書くのです。じゃないと小説は書けない。個人的に僕も李箱については知っていたし、李箱に関するエッセイも書くけれど、それでは小説のための文章にはなりませんでした。そういうふうにして「話者を先に作らないと小説の文章は書けないのだな」というのを経験として理解できて、幾度もくり返すことで「小説を書く話者は自分よりももっと良い存在なんだな」ということがわかったんです。僕は平凡な人間ですが、小説を書く話者は僕よりも優れた存在なんだって。僕が平凡な会社員でいたら、そういう話者のことなど知らずに生きていたでしょうね。

　でも小説を書くためには、いい話者になる必要があった。だから、ものすごくつらかったのは――『グッバイ、李箱』を書いていたときのことですが――筆が進み、調子がいいとハイになるから文章がくずれて、これじゃだめだと落ち込んでもまた文章がだめになる。ハイでもローでもない状態を維持しないと文章のテンポが定まらない。長期的に見るともっとたくさん書いて、そういう状態を維持しつづけないといけないんですね。何があっても怒ってはだめだと。風邪をひいてもだめ。風邪をひいても文章のクオリティーが落ちる。そう考えると小説を書くことが僕を別の人間にしてくれたような気がします。でも、それは僕個人の変化というより、僕の書く小説の中の話者の変化だと思うんです。小説を書いていなかったら、こんなふうに話者が存在することも個人的に経験できなかったでしょうし。「小説は一人の人を救った物語」

つまり、小説を書くことによって僕という一人の人が救われたというのが証言の核心になると思います。

ノ　読者はあなたの本を読んで、そこに内包される著者をもう一人作ったりすることはないでしょうか？

キム　そこが大きな問題です。すべての著者にとって大きな問題だと思います。

ノ　どういう点ででしょう？

キム　講演をすると、本を 20 冊も書いているんだからものすごく優秀な人だろうと思って質問してくる人がいるんですよ。「昔が恋しくて過去に戻りたいのですが、何かひとこと言ってもらえませんか？　私は喪失を体験しているんです」とか、「別れたんです」と言ってくる人もいる。でも、何も言ってあげられません。どんなにたくさんの本を書いていたとしても、それと一人の人間としての僕とは何の関係もないんですね。それはほかの作家も同じだと思います。すばらしい本を書いたからといってその著者が立派なのではなく、立派な本を書ける話者について知ってることが多いというだけであって、小説の中の話者と著者が一致するという意味ではないと思っています。

八つ目のピース：歴史小説

　　真正性は小説家にとって車輪といってもいいだろう。真正性を高める資料が存在する限り、小説家はその資料を探して読むべきである。私の場合は、1 冊当たり 2、3 か月で翻訳しなければならない翻訳家だから、適当なところで妥協してしまうが、キム・ヨンスは 16 年間、妥協せずに真正性を追

究している。このような小説家がいることに感謝したい。

ノ　今年刊行予定の小説はありますか？

キム　歴史小説を書いているんですが、苦戦しています。

ペク　どの時代の話かうかがってもいいですか？

キム　壬辰倭乱（イムジンウェラン）（文禄・慶長の役）のときの話で、壬辰倭乱が問題なのではなくて、日本が背景というのが大きな問題です。日本史と朝鮮史はまったく違います。世界を見る観点が完全に異なるので、朝鮮史とはまったく違うんです、まさに並行宇宙と同じです。互いに別の宇宙に暮らしていた人たちがいた。二人が会うことはほとんどなかったが、戦争が起きて、その過程で外界に引きずりだされたも同然で。だから僕も 17 世紀の日本という宇宙を知らなければならなくて、ものすごく苦労してます。日本の人たちには常識でも、僕には初めて見聞きすることがあります。新たに接することがとにかくたくさんあるんです。自分の見ている日本についてなら書けますが、その内部から見た、それも 17 世紀の日本というのが難しいところです。日本に行って調査したんですが、あまりにも違いが大きくて調べるのにも相当時間がかかりました。

　二つ目の問題は資料が膨大な点。僕の書く時代は、イエズス会の宣教師たちが日本に入ってきたころです。彼らの報告書がハードカバーで 12 冊あります。内容は財政的にいくら稼いで、いくら使って、新しく入ってきた人は何人で、聖堂を建てるための瓦は何枚で、何階建てで、動員人数は何人でといったことが書いてある。読んでいて面白いですが、これだけでは何も書けません。いっそのこと資料がまったくなければ想像して書けるのに、資料があるために逆に書けない、長崎に行くと教会の痕跡があって、教会を建てるときの資料

や建築図面もある。とりあえず資料はすべて手に入れました
が、読み切れず行き詰まっています。どこかに、僕が書こう
としている部分が詳細に描写されている資料があると思うと
書けない。ないなら想像して書けますが、それを確認するま
では書きにくいんです。でも、どうにかなるでしょう。16
年温めてきた小説ですからね。

ノ　16年前から構想していたということでしょうか?

キム　16年前に何かの本を読んで、書かなければと思った
んです。書き始めたのは2009年ごろからです。

ノ　歴史小説の分量というのは想像もつきません。

キム　歴史を、それも日本史まですべてわかったうえで話者
になるのは不可能に近いですよね。だから大きな困難に直面
している。そんな話者は作れそうにない、じゃあどう書けば
いいのかと。

ノ　机の前に座って書ける小説もあるのに、なぜ、いばらの
道を選ばれたのでしょう?

キム　わかりません。最初は何かしらの使命感からでしたが、
それ以降は何なのかわかりません。中断することも書きつづ
けることもできない状態になってしまって。中断できないな
ら書くしかないですよね。あるいはその逆か。

九つ目のピース:小説リスト

「小説リスト」とは小説書評サイトのことだ。2014年8月
15日にオープンして2周年を迎えた。投資者も運営者もお
らず、利益モデルもないが、2年間つづけてこられた秘訣を
知りたい。

ノ 「小説リスト」が２周年を迎えるということで、これまでつづけてこられた秘訣をうかがいたいと思います。

キム つづけようとしていないから維持できているんじゃないでしょうか。

ペ 『Axt』を始めるときの書評のモデルだったんですよ。

キム そうだったんですか。

ノ これからもつづくと思っていますが、外部に原稿を依頼しているんでしょうか？

キム いまは２か月に一度の割合で新刊リストだけ書いています。以前のようにたくさんアップできていませんが、当初は半年つづけばいいと思っていたのが、いつのまにか２年が経っていて、その間にオフラインのイベントもたくさんやりましたし、やりたかったこともいろいろできました。昔から、新作の短編小説の朗読会をやりたくて、作家のチェ・ウニョンさんとやってみて可能性が見えてきたところです。でも、個人が集まったチームブログみたいなところなんで、作家仲間の善意に支えられていて、非常に厳しい状態ではあります。「２周年だからサイトをリニューアルしよう」と話しているんですが、果たしてできるかどうか。２年前よりは良くなっていると思います。当時は同じようなサイトはなかったし、小説みたいなのは誰も読まない、とも言われたし、韓国小説は終わったとも言われたのに──途中でほんとにだめになりそうなときもありましたが──当時に比べると小説への関心は高まっている気がします。もちろん『Axt』も本当にすごいと思うし。うちとは違って、このような紙の雑誌を出すっていうのはもうほんとに……。

ペク これまで８冊出しましたけど、どうなるかわかりません。

ノ 小説リストの紹介に「1週間に一冊も小説を読めないとしたら、生きていると言えるのか」と書かれてましたが、どれくらい読めばいいと思いますか？

キム どれくらいだろう（笑）。すぐに読めると思うんですけど。

ペ すべての人にベーシックインカムを与えれば、1週間に一冊ずつは誰だって読むと思うんですよね。そうなれば小説もすごく発展する気がします。そういう点ではベーシックインカムに賛成です。生計を立てるのに時間をとられないから、本を読めます。

ノ 小説を読みながら想像し、感情移入するということを生まれつきできる人もいるのでしょうが、私の場合は努力しないとできません。小説を読む教育を受けないと、多くの人はなぜ小説を読むのか理解できないかもしれません。

ペ 非常に根本的な質問があるんです。なぜ小説を読まなければならないのか。本は小説だけとは限らないし、哲学の本、実用書、教養書籍、いろいろあるのに、なぜ小説を読まなければならないのかと。

キム そういう疑問はありますね。ほかの人の人生を理解する一つの方法として小説を読もうというのは、少し語弊があるのではないかと。小説になかなか感情移入できないことも時にはあると思うんですね。まず読まないといけませんから。今後、精巧なヴァーチャル機械ができて、それを通じて「難民村」といったような所を経験できるようになるとしたら、そういう機械のほうが、ほかの人の人生を理解するのにはるかに役立つと思うんです。誰かのために寄付などをするのにも。そうなると、小説にはどういう社会的な効用があるのだろうか、と。

ペ　小説は小説家のためのものなんじゃないかと思うんですよね。

キム　僕の場合、一つ目の効能としては没頭する時間を持てるということ。根本的には、「それ以外に何があるだろうか」と思ってしまいます。感情移入させて行動させるという話でしたけれど、その点では３Ｄのようなもののほうが優れていると思いますし。

ペ　感情移入、行動、実践を誘導するためなら、記事やリポートなどのほうが効果的でしょうね。それに感情移入しなくていい小説もあるわけだし。

キム　公職についている人たちに退職後何をしたいか尋ねると、田舎に戻って思う存分本を読みたいと言うんですよね。彼らのバケットリストの中には読書がある。長い時間をかけて本を読むというのは、ゆとりある暮らしの象徴であって、それができない。韓国社会では、もともと生まれたときから本が嫌いな人もいるかもしれませんけど、本を読むことが「やりたいこと」の一つになっている。なのにできない。本を読む人たちは本当に富裕層。お金持ちは経済的に本を読むゆとりがあるわけだから。

ペ　富裕層は、小説は読まないんじゃないんですかね。いちばん安いから。あらゆる芸術の中でこんなに安い芸術はないから。

キム　そうとも言いきれません。40、50 代の男性読者層というのもいて、会ってみると、法曹界、医療界、CEO といった専門的な仕事についている人もたくさんいますからね。

チョン　私も作家ではありますが、本を読むのは実際たいへんです。映画鑑賞や音楽鑑賞は受け身でじっとしていても２時間の間に一つの物語が終わるけれど、小説を１冊読

むのは本当にたいへんで、運がよければ最後まで読めるものだと思います。

　私がキム・ヨンスのインタビュアーに選ばれたのには、翻訳家同士としての対談に期待される面もあったのだが、彼自身は翻訳家だとは思っていないという。ひとえにただ小説家であると。だからこそ、新しい面をたくさん引き出すことができたとも思う。キム・ヨンスは今日のような話をインタビューで語ったことは一度もないとも言った。徹夜明けの疲れた様子で、後半になると声も嗄れていたが、彼はどんな質問にも真摯に答えてくれた。私の初のインタビュイーがすばらしいインタビュイーで本当によかった。

　キム・ヨンスは、小説の話者と実際の小説家を混同するべきではないと言ったが、目の前で話しているこの人は、私が小説を読みながら想像していたキム・ヨンスとよく似ていた。小説を書くために頭に詰めこんだ知識は大部分が消え去っても、誰かになってみた経験はそう簡単に消え去りはしない。小説を読むことで人が変われるのだとしたら、小説を書くことでもっともっと変われるのかもしれない。だから残りのパズルのピースは、キム・ヨンスの小説を読みきってから探してみるつもりだ。

2016 年 7 月 27 日

ソウル市麻浦区西橋洞で

（『Axt』2016 年 9・10 月号掲載）

キム・ヨンス（金衍洙）

慶尚北道金泉生まれ。成均館大学英文科卒業。1993年、『作家世界』夏号に詩を発表し、1994年に長編小説『仮面を指さしながら歩くこと』で第3回作家世界文学賞を受賞して本格的な執筆活動を始める。短編集に『僕がまだ子供だったころ』、『僕は幽霊作家です』、『二十歳』、『世界の果て、彼女』（呉永雅訳、クオン）、『四月のミ、七月のソ』、長編小説に『グッバイ、李箱』、『七番国道 Revisited』、『愛だなんて、ソニョン』、『君が誰だろうとどれほど寂しかろうと』、『夜は歌う』（橋本智保訳、新泉社）、『ワンダーボーイ』（きむ ふな訳、クオン）、『波が海の業ならば』、エッセイ集に『青春の文章たち』、『旅する権利』、『小説家の仕事』、『時節日記』など。共著に『いつかそのうちハッピーエンド』、訳書にレイモンド・カーヴァーの『大聖堂』などがある。東西文学賞、東仁文学賞、大山文学賞、黄順元文学賞、李箱文学賞などを受賞。

インタビュアー　ノ・スンヨン（盧承英）

46頁参照。

翻訳　呉永雅（オ・ヨンア）

翻訳家。梨花女子大学通訳翻訳大学院講師、韓国文学翻訳院翻訳アカデミー教授。在日コリアン三世。慶應義塾大学卒業。梨花女子大通訳翻訳大学院修士・博士課程修了。2007年、第7回韓国文学翻訳新人賞受賞。訳書にウン・ヒギョン『美しさが僕をさげすむ』、キム・ヨンス『世界の果て、彼女』、チョ・ギョンナン『風船を買った』（いずれもクオン）、イ・ラン『悲しくてかっこいい人』（リトルモア）、ハ・テワン『すべての瞬間が君だった　きらきら輝いていた僕たちの時間』（マガジンハウス）がある。

クォン・ヨソン

うれしい
方を
向いて

文 ノ・スンヨン　写真 ペク・タフム

「小説を書くのは、豆粒ほどの宇宙を作りあげることだ。少しずつ作りあげていくのはとても面白いけれど、同時にとても嫌なことでもある。書く材料が揃っているからといって書けるわけではない。何をどう書けばよいのかわからなくて頭が真っ白になる。地面にヘディングするようなものだ。つらいけれど、つらいのに、やめられない。締め切りは守らないといけないから、泣きべそをかきながら書きあげる」

　クォン・ヨソン氏は以前、インタビュー（中央日報、2017年10月6日付）でこう語った。この中の「小説を書く」を「インタビューをする」に変えたら、まさにいまの私の心情だ。芸術と技術——つまり（近代的な意味としての）アートとクラフトを区別する基準は、「長くやっていれば慣れてくるかこないか」ではないだろうか。私は『Axt』の編集委員を任されインタビューを何度か行ったが、どうやらまだ慣れそうにない。簡単に手に入れたものはその価値がわからないというけれど、そのせいか苦労せずに書いたものは、思い入れもなく適当にごまかしたように見える（尹東柱の詩＊の受け売りかもしれないが）。

　インタビューの前提条件は何か。私は「知りたいと思うこと」だと思う。私自身が知りたいと思うことを質問しなければ、お決まりの、または用意された返事しか返ってこない。しかし、クォン・ヨソン氏について私が知っていることはあ

＊　尹東柱が1942年に書いた「たやすく書かれた詩」のこと。「人生は生きがたいものだというのに　詩がこれほどもたやすく書けるのは　恥ずかしいことだ」（『空と風と星と詩』より。金時鐘訳、岩波文庫）という一節がある

まりに少なかった。彼女の性格もラブストーリーも、酒癖も、何一つ知らなかった。何も知らなければ、知りたいとも思わない。なので私は、彼女についてもっと知りたいと思うために、彼女の書いたものを読むことにした。このインタビューをする前に、私は彼女の小説を何冊も読んだ。もちろん、私も作家と小説が別個のものだということぐらいはわかっている。ただクォン・ヨソン氏の場合は、デビュー作を含む多くの作品の中に自分のことが投影されている。だから私は、彼女の小説に出てくる「私」は作家自身ではないだろうか、とシンプルな疑問を持った。

　2018年4月2日、月曜日の午後3時34分、カフェ「Anthracite」西橋店でクォン・ヨソン氏に会った。写真と同じだったので一目でわかった。

序

ノ・スンヨン（以下、ノ）　今回のインタビューがいちばん準備に時間がかかりました。これまで会った方々は、小説家としてだけでなくほかの方面からも聞いて知っていることがあったので、多分こんな感じの人だろうなと自分なりのイメージを持っていました。ところがクォンさんの場合、小説以外のことはまったく知らないんです。

クォン・ヨソン（以下、クォン）　それだとたいへんですか。

ノ　「どういう話をすれば相手から興味深い話を引き出せるか」がわかりませんからね。だからいろいろ悩みました。私が知りたいのは小説を書いていないときのクォン・ヨソンさんなんです。幸いにもクォンさんの小説は自伝的な要素が濃

いそうなので——もちろん、フィクションもあるでしょうけど——とりあえず小説を土台に再構成してみました。そのイメージをもとにして私が質問をしますから、違っていたらおっしゃってください。

クォン 小説によって再構成された私のイメージ？ 気になります。

ノ まず、作品に共通して見られるクォンさんのイメージですけど。

クォン はい。

ノ 「悔しがる人」です。たとえば誰かに「あんたがやったの？」と聞かれても何も言い返せず、受け入れてしまう人。それを根に持っている人。そんな感じでしょうか。

クォン 確かに、私は幼いころからよく悔しがっていました。無実の罪を着せられたからとかではなくて、罪はあるんだけれど、それが何なのかわからない。

ノ 末っ子だから、とどこかでおっしゃってましたよね？

クォン そうです。末っ子だから、家族の中でいちばん未熟な存在だから、言い訳するまえに罪を着せられてしまう。自分に過ちがある場合でも、そのことについて説明したり、相手にわかってもらおうと努力するプロセスが省略されているところから来る悔しさでしょうね。これはべつに末っ子に限ったことではありません。多分私の性格でしょう。間違っている、と声に出して言うことに慣れていない、むしろ相手の尺度に合わせようとする。女だからってこともあるでしょうね。他者の視線を気にするよう訓練される女性たちは、「よく気がきく」と「まったく気がきかない」の間を電光石火のごとく行き来するわけですよ。するとそこに理解できないことが生じ、悔しさが積もり、相手を恨み、はっきりと問

いただす代わりに泣き言を言う。まさに私のようなキャラクターが生まれるんです。

ノ　わかります。悔しくても何も言い返せず、一人苦しむんですよね。そんなときは我慢したり、怒りを溜め込んだり。でもクォンさんは、それらのことを文章で表現するんですね。

クォン　だから私の初期の小説は、裏切られた人の胸の内から得体の知れないものが飛び出してきたんです。そうやって登場人物を苦しめました。でも悔しいのは私だけじゃないんですよね。それがわかってからは小説がやわらかくなった。登場人物がいきなりキレるようなことはなくなりました。毒っぽさがなくなったとがっかりする読者もいますけど、そのぶん読者層が広がったのではないかと。意図的にそうしたわけじゃないんですよ。歳を重ねるにつれ、生きとし生けるものはみんな哀れで、死ぬのは悲しいと思うようになっただけで……。だから悔しさよりも憐みが強くなったんでしょうね。

ノ　私も年齢を重ねるにつれ、毒々しい文章は読みたくなくなりましたね。

クォン　書く方もたいへんですしね。

ノ　確かに『土偶の家』や『春の宵』には毒々しさがありませんね。

クォン　『カヤの森』辺りからやわらかくなってきたのかも。

ノ　小説に家族の話がくり返し出てきますよね。もちろん家族は韓国の小説において重要なテーマでもありますが、クォンさんの小説に出てくる家族を見ると「ああ、これはきっと作家が自分の家族をモデルにしたんだな」という感じを受けます。クォンさんが幼いころを振り返って、いろんな観点から書いたのかもしれませんし。

クォン　私は人生経験が豊かな方でもないし、取材をして書くわけでもない。かといって詩的で哲学的な深みのある作家でもない。たいてい日常生活の中で発見したことを書くので、家族、友人、先輩後輩、これまで出会ったり別れたりした人たちを、ごちゃ混ぜにして歪めて極端に書きます。ひとことで、万遍なく吸い取って書くんです。人物だけでなく、事件も同じです。そんなくり返しとバリエーションが私を導いてくれるんでしょう。作家としては致命的ですけどね。世界が狭くて。人物も事件もますます縮小されていく感じです。細かいものをいじって、それぞれ違ったものに仕立てていく、そういうやり方です。

ノ　確かにクォンさんの小説を読むとき、状況を細かく観察するようになりますね。作品ごとに違う視点を見せてくれますからね。

クォン　以前、作家のパク・ミンギュさんが、中国に行ったとき、とても小さな玉があったのでその中を顕微鏡でのぞいたら、人や庭、家などが細かく見えたと。私の小説もそれと似ていると言ったことがあります。私の書くものはそんなに精巧ではないけれど、細かいものをいじるという点では似て

『春の宵』（クォン・ヨソン著、橋本智保訳、書肆侃侃房）

いるかもしれません。

ノ　いずれにせよ、いろいろな観点から出来事を見ていると、以前気づかなかったことに気づいたり、「あのとき私はつまらないことで傷ついていたんだな」と思うことはありませんか。

クォン　時と場合によりますね。書けば書くほど客観的に見られなくなることもありますし、書くことですっきりする場合もあります。でも普通は一度執着してしまうと、振り返って反省するくらいでは解消しませんね。

ノ　角度を変えて物事を見るのは、距離を置いて傷を癒したいからじゃないんですね。

クォン　はい。書くことで私が癒されるなんて思いませんが、結果としてそうなる場合はあります。逆に、書いたことで不快な気持ちになることも。

ノ　『青い隙間』も『私の庭の赤い実』もそうですが、クォンさんの小説を読んでいると「誇張のない率直さ」を感じます。これがもし誇張されていたら、主人公はもっとかっこいいでしょうし。まさか自分を実際よりもつまらない人間にして描きたいわけではないですよね？

クォン　わざとじゃないですけど、観察すればするほどつまらなくなります。適当な距離を保っている分には優雅に見えますが、近くで見ると垢だらけで下品だし。でも私としては、観察することで自分自身をもっと知ることができる気がします。

ノ　クォンさんがご自分の記憶にたよって書いたものに対して、家族や周りの人たちがまったく違う記憶を持っていたということはありませんか。

クォン　もちろんありますよ。『青い隙間』に出てくるソン・

ミオクの母親は私の母とそっくりなんですが、母はそう思っていないようです。「小説家の娘が架空の人物を作りあげた」ぐらいに思っています。母は自分を合理化しますから、娘が間違ったことを書いたと不満を言うでしょう。かといって、私の記憶や形象化する方法が正しいとも言えません。実際、実存する人物をそっくりそのまま書くなんてありませんから。そうしたくても、言葉がそれを許してくれませんからね。面白いのは、知人に「あそこに私が出てくるよね」と言われるときです。私はそんなつもりは全然ないので驚きます。

ノ　「一足のうわばき」（『春の宵』に収録）で、女子高生のキョンアンが友人のヘリョンとソンミに仲間外れにされ（あるいは拒まれ）、自分たちだけでディスコに行ってしまうシーンがありますよね。クォンさんは高校のときディスコに行ったことがありますか。

クォン　よく行きましたね。

ノ　ということは、キョンアンはクォンさん自身ではない？

クォン　小説の中でキョンアンにはディスコに行かせませんでした。でも数学がよくできたのは私のことですし、いつも連れ立ってディスコに行く子たちに数学を教えたのも私です。高校のときは勉強しない子たちと仲が良かったので、ディスコにもしょっちゅう行きました。大学に入ってやめましたけど。

ペク・カフム（以下、カフム）　それでソウル大学ですか？

クォン　校則を破ったら処罰を受けますが、勉強ができると大目に見てくれるんですよ。仲良かった子たちは家が金持ちだったのでいいとしても、うちはそうじゃなかったので勉強したんです。ディスコに行くために勉強する。動機づけがはっきりしてるでしょ？

ノ　背が高いのでいつも後ろの席にいたそうですね。

クォン　ええ。中学のころから眼鏡をかけて後ろの席にいました。でも小学校のとき、急に目が悪くなって、前の席に移ったことがあります。そのときは隣の席の子が、私よりずっと小さな子だったんですが、私の面倒をよく見てくれました。

ノ　ヘス（『青い隙間』に出てくる女の子）？

クォン　はい、ヘス。

ノ　中学、高校のとき、教科書以外の本も読みましたか。

クォン　読みましたよ。高校のときは、まあ色々やってましたね。ディスコに行ったり勉強したり文芸クラブで詩を書いたり。

ノ　幼いころは釜山（プサン）にいたそうですが、何か覚えていることはありますか。

クォン　いい思い出は、九徳山（クドク）の麓にある鍋うどん屋で一年に２回ほど家族で外食をしたことですかね。よくない思い出は、隣の席の子によく叩かれたこと。私はその子にいつもいじめられていました。小学３年生のときまで背がとても低かったんです。成長が遅かったせいでよく居眠りしてました。それでよく叩かれてたんです。

ノ　早生まれですか。

クォン　母が１年早く私たち姉妹を学校に入れたんです。父が歳を取っていたから、早く勉強をさせなきゃと思ったらしくて、私も姉たちも６歳のときに小学校に入りました。

シンプルな生活

ノ　小説と作家は別個のものだと言う人もいますが、私はやはりお互い切り離せないもので、小説から最大公約数としての作家のイメージがうかがえると思います。たとえば「おば」（『春の宵』に収録）や「あなたは手に届くよう」（『私の庭の赤い実』に収録）には、毎日同じような生活をする人が出てきますよね。彼らは出勤するわけでもなく、自らルールを作って暮らしています。「おば」ではおばが図書館で本を読みますが、どんな本を読むかということはどうだっていいんです。本を読む行為そのものに意味があるので。つまり内容よりも形式が生活に意味を持たせている。もしかしたらクォンさん自身も、そういうシンプルで素朴な生活を求めているのではないか、そんな印象を受けました。

クォン　はい。私は怠け者で自分なりのルールがないので、そういう形式を求めますね。たとえば修道士のような生活。若いときは型にはまった生活に耐えられませんでしたが、いつのころからか、むしろそれを望んでいる私がいるんです。もう少し歳をとったらそんなふうに暮らしたいですね。夜が明けたら起きてこれこれをし、夜になったら眠る。規則正しい日常がくり返され、変則的なことが起こらない生活に憧れます。死ぬ前にしばらくそうやって暮らしてみたいです。

ノ　小説家の生活は、小説の中では波乱万丈なのに、実際はとてもシンプルな場合が多いですよね。それはそうと小説の中に、大学を休学しているのに朝起きて図書館に行き、学食でご飯を食べるシーンが出てきますね？

クォン　大学は授業と試験さえなければとてもいいところで

すから。

ノ　規則正しい生活とは、見方によると変化のない生活ということですよね。

クォン　そうです。変化もなければ悩みもない。そうなれば精神的に安らかでしょうね。

ノ　植物に近い生活ですね。

カフム　ところで、先輩がいちばん大切にしているものは何ですか。何か欲しいものとか。

クォン　ないよ。

カフム　でも、何か大事にしているものとかあるでしょ。

チョン・ヨンジュン（以下、チョン）　じゃあ、もしある日、賞金をもらってお金ができたとしたら、何か買いたいものはありますか。

クォン　いま必要なものは全部あるしねえ。ただの快楽のためにっていうんだったら欲しくない。家も狭いし。

カフム　浮世離れしてますね。

クォン　かといってお金が欲しくないんじゃないよ。お金はあったらいいなと思う。ただ、これを買わなきゃってものがないだけ。お金があれば老後の心配をしなくていいし、誰かに迷惑かけることもないしね。知人たちにお酒をふるまって暮らしていける。でも私は安い焼酎しか飲まないから、おいしい酒の肴があれば十分かな。

カフム　素朴だ。

ゴシップとしての小説

ノ　時に、小説の登場人物が国民的ゴシップの対象になるこ

とがあります。読者は登場人物のことについて話しているようでいて、実は自分の道徳観をもって説教するようなところがありますから。最近はその役割を芸能人の私生活が果たしています。芸能人の不倫が話題になると、不道徳だと非難する人がいるかと思うと、一方でそういう人たちの干渉をとがめる人もいる。でも本当は自分の貞淑さとか、性に開放的なところを見せたいだけじゃないでしょうか。自伝的な小説を書くということはある意味、自分をゴシップの対象にすることだと思うんですが、他人に自分の姿をありのまま見せるのは怖くないですか。

クォン 私の生活をゴシップの対象にしようなんて思ったことはありません。大衆的な論争になる事件を見ると、正しい反応を見せなければ（多少の懐疑や留保の態度を示すだけでも）袋叩きになる場合が多いですけど。私はそんなことに巻き込まれるのが嫌なので、何も言いません。人として言うべきときに口をつぐんだのなら非難されても仕方ないですが、「もっとちゃんと考えましょう」と言ったばかりに中傷されるのはつらいですよね。精神衛生上良くないですし。大衆と世論の餌食になるなんて、想像もできない恐怖です。

ノ たとえば「なんてモラルのない人だ」と非難する人がいるかと思えば、「他人のプライバシーになぜ干渉をするのか」と言い返す人がいますよね。ある人について国民全員が討論することはできないから、代わりにその役割をしてくれる人が必要なんですよ。それが小説の登場人物ではないかと思ったんです。でも時代が変わって、いまでは芸能人とか有名人、テレビに出る人たちがそういう役割をするようになった。だから私たちは特定の人を悪く言うのではなくて、芸能人たちを自分の結婚観、寛容さなどを示す材料にしているのではな

いか、そう思ったんです。よく「芸能人は公人か？」と言われるのは、彼らにそういう道徳的な論争の対象になりうる面があるということですよね。

クォン　そういえば昔、李 光 洙の『無情』という小説に出てくる人物が、そのような論争の対象になりましたよね。いまは芸能人たちがその役割を果たしている。でも私は事件そのものよりも、それに反応する人たちの方が面白いです。相手を殺さんとばかりに攻撃したり。憎む人たちの心の中にはいったい何があるのか、気になります。まあそれはともかく、もし私が自らゴシップの対象に身を投じたとしても、誰も興味ないですよ。有名人だったら感情移入するんでしょうけど。

ノ　自伝的な小説を書く人は、自分のプライバシーがゴシップの対象になる場合のことを考えているんだと思ってました。

クォン　とんでもない。最初の小説を出したときには個人的なことも聞かれましたけど、それが論争になるなんてことはなかったですね。論争の対象になるには、何か型破りなことが書かれていないと。

ノ　ただ、こういうことはないでしょうか。クォンさんの小説を読んで、80年代に民主化運動をやっていた学生たちはこんなふうに暮らしてたのか、こんな恋愛をしてたのか、と。その時代を知らない世代はそう思うかもしれません。

クォン　そういう意味で問題になったのは、『レガート』に出てくる性暴力のシーンですね。こんなことを書いたら当時の学生たちがみんなこうだったと思われるだろう、と言われました。でも実際あったんですよ。それでも小説にわざわざ書いて彼らの名誉を傷つけるなんて、と嘆く人もいました。私は名誉が傷つくようなことをしたなら、傷つけられて当然だという考えですけど。

ノ　もし『レガート』をもっと前に読んでいたら、性暴力の
シーンはフィクションだと思ったかもしれませんが、いま読
むとつらいですね。民主化運動をしていた学生たちの性暴力
を告発する、または暴露する小説だろうか？　と思ったりも
します。いまの状況と重なりますから。

クォン　そうなんですね。そう思って書いたわけじゃないん
ですけど。もちろん、いまなら「あいつは誰だ？」となるん
でしょうね。

記憶するための小説

ノ　小説家は記憶する人だと思います。『レガート』や『土
偶の家』は、現代史の悲劇を作家の観点から記憶した作品で
すが、人はなぜ記憶するのでしょう。2冊とも前半では歴史
的な事件にまったく触れていませんが、大団円を迎えるころ
になって初めて明らかにされます。こういうやり方もいいで
すね。どういうきっかけで書かれたんですか。

クォン　思い入れとでもいいますか。小説家になってから
ずっと、 光州 ＊ と人民革命党事件 ＊ のことだけは書きたいと
思っていました。私がいちばんよく知っていることですから。
ただ書くだけの力量がなくて時間がかかりました。うまく伝
わっているかどうか自信はありませんが、当時の悲劇は当事
者だけにとどまらず家族や子孫にもつづくということ、弱者

＊　1980年、光州市で全斗煥（チョン・ドゥファン）による軍事クーデターに抗議
した学生、市民を軍が弾圧した事件
＊　朴正熙（パク・チョンヒ）政権下の1964年と1974年に、韓国中央情報部が社
会主義性向のある個人を告訴した訴訟事件

を踏みにじるような暴力はいまでもつづいていることを書きました。この2冊を書いたあと、ああ、これで私は自由になったと思いました。ずっと過去の経験にばかりとらわれていましたが、それからは人間が見えてきたんです。いまを生きる普通の人たちが。

ノ これは余談ですけど、『レガート』に出てくるパク・イナのように、貧しいけれど頭の良い男性は魅力的ですか。クォンさんの目にサークルの先輩たちはどう映りましたか。

クォン うーん、私だけが思っているのかもしれませんが、民主化運動を引っ張っていた先輩たちには何とも言えないカリスマ性がありましたね。後輩の面倒をよく見る、面白くて平凡な先輩たちとは違って、特に何かをしているようでもないのに大きな組織の間を行き来しながら指針を与える。いつも寡黙で、カリスマ性に満ちている。そんなイメージをうまく作りあげていたと思います。学生たちにも憧れのスターが必要ですから。ところが、そういう先輩に限って自閉的なところがあるんですよね。カリスマ性を漂わせるために寡黙だったのではなくて、言葉が巧みではなかったんでしょう。当然のことですが、社会のどんな領域にもおかしな人間はいますよ。同じことが民主化運動をやっていた学生にも言えま

した。もちろん、名分や理念のためにやる場合も多かったですけど。

ノ　個を犠牲にして、大義名分を追求するんですね。

クォン　はい。中には政治家になりたいからという人もいました。学生会長から全国大学生代表者協議会議長まで、順にステップを踏んでいけば、のちに政治をするときにキャリアとして認められますからね。いろんな人がいますよ。もちろん、いい人もたくさんいますけど。

要求される中性、排斥される女性性

ノ　「私は女性性に惹かれた。甘えているとか贅沢だとか非難されるかもしれないが、私はノ・ミへの持つ神秘的な女らしさに憧れる」（『青い隙間』74 頁）、「その一方で、独立した大人になりたいと思ったもう一人の私は、女らしさはもちろんだが、その対蹠点にある中性的な堅固さにも魅力を感じた。（……）このような視線は、私に甘える女に対する嫌悪感を植えつけた」（同 75 頁）。女性性と中性性は、大学に入ったばかりの女子学生が憧れるものですよね。ところが民主化運動をやっていた学生たちの間では、中性性を称えるように見えて、ひそかに女性性を求める雰囲気があったような気もします。クォンさんの場合はどうですか。

クォン　女性性を求める雰囲気？　どうでしょう。女性性はマイナスイメージでしたからね。私の場合、大学に入ったら思いきりディスコに行って、きれいな服を着ようと思っていたのに、そうできなかった。ひらひらの服を着て、スカートはいて、というのはだめでしたから。いつも同じ服を着て、

スニーカーの踵(かかと)を踏んで、ジャージを着て。でもそうやって中性的に生きていても、民主化運動の仲間同士、四六時中一緒にいて合宿なんかしていると、そりゃ性的暴行が起きますよ。彼らにモラルがなかったからじゃなくて。でも徹底して隠蔽しましたね。大ごとになるから。だからますます清教徒的なものを強要するんです。同じサークル内では交際を禁止したり。そんなのうまくいくわけないのに。

ノ　そうできない年ごろの男女が集まってますからね。

クォン　熱き青春ですよ。こっそりつきあっている人もいました。気に入った後輩がいると、とにかく世話を焼いたり、ご飯やお酒をおごったり。それだってデートですよね。まあそれはともかく、20代の私は中性性を要求されていましたから、そう生きようともしましたが、いまこの歳になって考えてみると、もしかしたら私自身、あるころから名誉男性的な見方にとらわれていたのではないか、そんな気もするんです。たとえば酒の席に酒癖の悪い大人の男性がいたら、私は自分からその人の手首をつかむんです。若い女性作家がいじめられないように私の手を握らせるんです。するなと口に出して言う代わりに、気まずい状況にならないよう取り繕う。誰かに強制されたわけではないけれど、そうしたいと思うこと——それが名誉男性的だと思うんです。女が生きていくのは本当に難しい。私はいままで一度も女として生きたことがないような気がします。たまに結婚式か何かに行くとき以外にスカートをはくことはないですが、心の中ではスカートをはきたいと思います。スカートをはいた自分の姿を想像したり、どんなスカートをはこうかなあなんて考えたり。はかないのにはきたいと思う、これって何でしょうね。本当に望んでいることなのか、あるいは望んでいないのに望んでいるふ

りをしているのか。いくら自問自答しても答えは出てきません。

ノ　ところで、さっきおっしゃった酒の席で後輩作家を守るのは、私が思っている名誉男性とはちょっと違いますね。名誉男性というのは、男性の立場を代弁するものでは？

クォン　似てませんか。そういうときにだめだと言えない、それこそ取り繕いの始まりなんですよ。正確なメッセージを送る代わりに、戦々恐々としながら仲裁しようとすること自体、本当は葛藤したり対立したりするはずのことを、曖昧にしてしまうんですよ。

ノ　男たちは何もしなかったということですね？

クォン　そうです。悪い状況にならないよう取り繕う役割すら、女たちに任せている。もともと男のせいで起きたことでも。

大学生活

ノ　私が大学に入ったころは、地下活動をするサークルはありませんでした。入らないかと誘う人もいなかったし、本当になかったのか、私が選ばれなかったのかわかりませんが。

クォン　80年代後半には地下システムはなくなっていました。大衆組織化するといって、ほとんど水面に出てきていましたから。特に大学生の組織は開放され、党のようなレベルの高い組織だけが地下にありましたね。

ノ　ところで『レガート』に出てくる「伝統文化研究会」というのは本当にあるんですか。

クォン　ありませんよ。私が作ったんですから。

ノ　伝統武芸研究会はありますよね？

クォン　え？　そっちにすればよかった！

小説の装置

ノ　これは余談ですが、『レガート』の中でシン・ジンテが自叙伝の取材でハヨンと話をするシーンを読んだとき（183頁）、私は、作家の張った伏線を知ってしまった、と思いました。仕掛けを知ってしまった以上、そのあとは著者がどんな戦略と手法を使うのかに集中するべきか、それとも著者がまた別のやり方で私を騙してくれるのを待つべきなのか、真剣に悩みました。

クォン　その伏線は誰にでもわかるように張ったんです。なのに読んだ人は「とっくに知っていた」とか言って自慢するんですよね。

ノ　とにかく悩んだんです。どうしたらいいんだろうって。

クォン　秘密を知ってしまったから。

ノ　でも読み進めると、私が思っていたのと違って、著者はそれを隠そうとはしていなかった。

クォン　がっかりしたでしょ。せっかく見つけたと思ったのに。

ノ　恥ずかしかったです。ドラマの 常 套的なストーリー展開に慣れているせいで、罠にかかってしまったと思いましたね。最初から伏線は意図していなかったんですね？

クォン　はい。べつにドラマよりも立派なものを書こうと思ったからじゃなくて、単なる力不足です。隠れていたものが現れて閃光が走る、というのが理想的ですけどね。そうい

う筆力がないので。

ノ　でも最後まで読んでみると「ああ、あれはべつに大した
ことじゃなかったんだ」と思いました。それはそうと「八
道企画」（『カヤの森』に収録）という短編（16頁）で、作家の
ユンが「小説家は文章に香りを吹き込む」と言いますよね？
これは皮肉ってるんですか。それともユンをカリカチュアラ
イズしているんでしょうか。あるいはクォンさん自身？

クォン　半々ですね。カリカチュアライズした面もあれば、
まじめなところもある。あんまりまじめで純粋になりすぎる
とおかしな感じもしますが、でも、そんなおかしさがもたら
す力っていうのもあると思うんです。

ノ　私はこの文章に、クォンさんの小説を書く姿勢が垣間見
られるのではないかと思いました。「八道企画」でホンチー
ム長＊が作家のキム（「私」）にこう言いますよね。「小説を書
くとき、君はインタビューも取材もしないで、部屋に閉じこ
もって書くのか？」と。

クォン　いま、私がドキッとしました。

ノ　私はこれを読んだとき、クォンさんが実際、誰かに言わ
れたことなんじゃないかと思いました。なぜならクォンさん
の作品の中で、取材をしたと思われるのは女性ゲーマーが出
てくる「あなたの中の不遇」（『私の庭の赤い実』に収録）くら
いですよね。小説にプロゲーマーの世界が詳細に描かれてい
ますが、これは取材して書かれたんですよね？

クォン　いえ、それも部屋で。スタークラフト＊が好きだっ
たので（笑）。

＊　部署や課などのリーダー
＊　1998 年に発売されたリアルタイムストラテジーゲーム

ノ　ご自分でスタークラフトを?

クォン　いまでもやりますよ。最近は ASL(アフリカ TV スターリーグ)シーズン 5 とか。でも、なぜ私はゲームをしないと思ったんですか。引きこもりにありがちでしょ。

ノ　私が大学生のときは、たいていビリヤードかスタークラフトでした。酒を飲んだあとは 2 次会でゲームをするんですけど、女子学生たちはしませんでした。それで偏見があったんですね。

クォン　私もネットカフェじゃなくて、家でプログラムをインストールして。

ペク・タフム(以下、タフム)　ゲームサーバーの Battle.net に接続して?

クォン　Battle.net だといつも負けるから、やけくそになったときだけ。

ノ　だからスタークラフトですか。

クォン　ええ。でもスタークラフト 2 は面白くないんですよね。やはりスタークラフト 1 が最高です。最近はテラン*に不利なマップばかり出てきますけど。

ノ　クォンさんもテラン?

クォン　はい、テラン。

ノ　ということは「あなたの中の不遇」すら取材なしで書いたんですか。

クォン　がっかりさせました?　取材したことにしておくんだった。

カフム　最近もスタークラフト、やりますか。

クォン　最近はひとゲームするだけでぐったりするから、見

＊　人間

るだけにしています。しもべたちにテニスをさせて見物している貴族のように。

ノ　「あなたの中の不遇」を見ると、主人公がユニット（グループ）に愛着を持っていますが、クォンさんもそうなんですか？

クォン　スタークラフトの歴史を見ると、初期はマップに資源が少なかったので、ユニットをうまくコントロールしながら創意的なビルドで勝負をしてたんです。そのうちマップに資源があふれるようになって、ユニットを大量生産してまき散らす方法に変わりました。これもいいんですけど、従来のゲーマーが SCV やドローン（Drone）、プローブ（Probe）などのワーカーに対して持っていた格別な愛着がなくなったのは残念です。

ノ　？　それはユニット用語ですか。

タフム　ほんとにやったことないんだなあ。全然わかっていない。ここでわかっているのは僕だけか。

酒

カフム　お酒を飲むほかに何か趣味はありますか。

クォン　お酒を飲むのにかなりの時間を費やしますから、ほかのことにまで手を出したら、小説どころか、何にもできなくなります。だからスタークラフトもしばらくやめていました。

カフム　お酒を飲んでいないときの先輩は物足りないですよね。そんなに何度もお会いしたわけじゃないけれど、酒が入るとずっと自然な感じがするし、話も面白いし、小説のことだって、ふだんならあまり話してくれないのに、酒を飲んでいるときは大胆になる。先輩にとって酒とは？

クォン　しがらみから解放してくれるもの？　だから大胆になれるのかな。検閲がゆるんで、愉快なものが飛び出してくる。まあそこまではいいんだけど、酔って意識がなくなると困るよね。何を話したか覚えていない。30、40代のころは、人を傷つけておいて記憶にないってこともよくあった。でもこの歳になると、これ以上飲むと攻撃的になるころあいがわかってきた。だから最近は外ではほどほどにして、家で飲むことにしてる。（ノに）お酒は飲みます？

ノ　最近はあんまり飲まないですけど、訳書が出たら記念に家で飲みます。

クォン　本が出たら？

ノ　翻訳書は2か月に1冊ぐらい出ますから。

クォン　じゃあ2か月に1回飲むんですね？　それがちょうど昨日だった？　二日連続で飲むことになりますね。

チョン　先輩の場合、本が出ると一緒に一杯飲みたいって連絡してくる人、多くないですか。僕もいつだったか一緒に飲みたいですってメッセージ送ったことがあるんですが、それが今日かなうんですね。

ノ　私は『春の宵』を読んで、もう酒飲むのはやめようって思いましたけどね。

クォン　ああこれは私の未来だ、と思って？

タフム　でも一杯飲んで寝るのにとてもいい小説ですよね。

チョン　確かに。あの小説を読んでそう思う人は多いでしょうね。小説を読んだってことは一人でいるわけだし、誰かに会いたくて電話しようかなと思いつつ、結局は一人寂しく飲んで寝る、そういうパターンかな。

チョン　先輩、酒のCM撮るべきですよ。ほんとほんと。

クォン　オファーもないし、それに私の顔を見て酒が飲みたくなる人、いると思う？

うまく書く方法

ノ　話はもとに戻りますが、私はべつに取材なしに執筆するのが悪いと言ってるのではありません。私も作中のユンが言ったことに同感です。「小説家がみんな私のように書くとは思いません。作家の数だけ書き方もいろいろあるんですから。自分にいちばんしっくりするやり方で書けばいいんじゃないですか」。まるでクォンさん自身が主張しているみたい

ですね。

クォン　そうかもしれません。

ノ　クォンさんにとっていちばんうまく書ける方法とは？

クォン　私は頭の中だけで構想できる小説を書きます。かといって、果てしなく想像力を膨らませるとかじゃなくて。私は日常から離れられないんです。だから現実に起こる些細な出来事を、できる限り想像して作ります。そのとき大切なのは没頭すること。まずは人物ですが、どんな人なのかじっくり想像し、その人になってみようと努力します。人物、状況、その中にじっと座る、それだけです。だから面白くないんですよ。

ノ　葛藤したり解決したりする面白さがあるじゃないですか。

クォン　でも新鮮さというか、知らない世界を知る楽しさとか、新しい知識を得る喜び、なんてものはないですね。私の小説はどこにでもあるような出来事を、どこにでもいそうな人たちが経験する話だから。

ノ　クォンさんはページターナーふうの小説は書かないんですね。

クォン　書けませんよ。部屋を出て靴箱まで行くのも、すごく長い時間がかかるんですから。

ノ　食べ物を描くときは、いつも立ち止まって、じっくり描写しようという傾向があるようですが。

クォン　お酒と料理を描写するのは、小説に役に立つか立たないかではなく、単なる自己満足ですね。もちろん、どんなお酒を飲み、どんな食べ物が好きかということは、人物を構成するうえで大事な要素ですけど。実はこれまでずっとお酒を飲む話ばかり書いてきたので、『春の宵』以降はできるだけお酒を飲むシーンは書かないと心に決めました。いまのと

ころは守っています。そのぶん食べ物の話も減りました。

ノ　じゃあ登場人物は会って何するんですか。

クォン　初めは無意識のうちにお酒を飲ませていたのですが、はっと気づいて消しました。そしたら今度は何をすればいいのかわからない。私の限界ですね。経験したことがないんですから。とにかく、何がなんでも酒を飲まさずに結末まで引っ張ったんですが、あとで読み返してみたら、隣のテーブルの人たちが飲み食いしてるんですよ。彼らがお酒を飲みながら話しているのを登場人物が盗み聞きしている。その次の小説からは少しマシにはなりましたが、酒も飲ませずシラフでいさせるのがもうつらくて。ちょうどそのころ、食べ物に関するエッセイの連載をしないかという依頼があったので、これだと思って飛びつき、思いきり酒の話をしました。

デビュー

ノ　あるインタビュー記事で読んだんですが、パソコン通信をされてたそうですね。

クォン　ええ、かなり。

ノ　私は兵役を終えた 1996 年に 千里眼（チョルリアン）を少しやりました。

クォン　私はハイテルです。初めて書いた小説も、実はパソコン通信と関係があるんです。当時はモデムの接続がうまくいかなかった。真夜中のちょうどいいときに途切れて、再びつながるまで時間がかかりました。退屈だから何か書こうかなと思って書き始めたのが、『青い隙間』なんです。94 年ごろからパソコン通信をはじめて、96 年にデビューしました。

ノ　パソコン通信で小説関連の活動をしたのではなくて？

クォン　いいえ。私はただ、常識クイズルームで誰かが問題を出すのを見て、答えられるときだけ答えてました。途中で接続が切れると、ハングルワードプロセッサーを実行して、書きながら待つ。1時間半も2時間もつながらないときがありますから、コンピューターの前に食べ物を持ってきて、それを食べたり飲んだりしながら、典型的な廃人モードで座りつづけていました。

ノ　ネットが速くつながるいまだと、ありえないデビューの仕方ですね。

クォン　そうですね。接続が切れることもないし。だから人間は少し不便な方が、何か生産的なことができるのかもしれません。

父親

ノ　小説にお父さんの話がよく出てきますが、お父さんは船乗りだったんですよね？　ほとんど家を留守にされていたのでは？　どんな方だったのか、クォンさんはどう記憶しているのか、お話しいただけますか。

クォン　父は少し女性っぽい人でした。人の嫌がることは言わないし、頼まれると断れない。ひとことで母の言いなりでした。だからあんなにお酒が好きだったのかもしれません。娘たちの教育はすべて母に任せていました。私はいまでも母の束縛から自由になれていない感じがするんですよ。「いまもお母さんに言われたことを正しいと思ってる？」と自分でも驚くことがあるくらい。母の言うことは絶対だったんでしょうね。父は家長としての義務を果たさなかったわけでも、

過ちを犯したわけでもないのに、いつも家の中ではのけ者扱いでした。晩年、寂しく暮らしているときに事故に遭って亡くなったので、いまさらながらに悔やまれます。よく思うんです。父の人生は何だったのか、と。それは父と長く一緒に暮らしたからではなく、むしろそうできなかったからこそ、わずかなヒントによって再構成したい、そんな気持ちですかね。父ならどうしただろうって。

ノ　私にとっても父は欠けた存在なので、誰かが父親の話をすると興味が湧くんです。

クォン　私の場合は罪悪感もありましたから。意図的ではないにしても、父にとって私は悪い娘だったと思います。だから母にも悪い娘でいよう、平等に。一時はそんな気持ちでした。

ノ　悪い娘だったというのは、お父さんをのけ者にするのに加担したからですか。

クォン　そうです。母が父をけなし憎んでいるのを見て、私も同じように父を無能で情けない存在だと思ってきました。だから父が亡くなったあと、わざと母にとっても悪い娘になろうとしたんです。いまでは母も年老いたのでやめましたけど。母は外では正しいことをしろ、他人にこうしてはいけない、と言っておきながら、肝心の父にはひどいことをした。納得できない、許せない、恥ずかしい記憶ばかりです。

ノ　お父さんが船に乗っているとき、お母さんに手紙を書くように言われたそうですね。

クォン　母は形式的なことを重んじたので、仲睦まじい家族に見せかけるために娘たちに手紙を書かせました。手紙を読んだ父は、家に戻れば妻と娘が温かく迎えてくれるだろうと期待するのですが、私たちは父がいると気まずくて落ち着か

ないし、話すこともないから避けてしまう。退職後は、経済
力がないという理由でのけ者にした。母が間で取り持ってく
れたらよかったのに。母も夫のいない生活が長かったし、気
楽に暮らしてましたからね。父が現役のころも、休暇で家に
帰ってきて２か月ほどいると、子どもたちの学費はどうす
るんだって、嫌がる父を無理やり船に乗せました。そうなる
と自分は自由きままですよ。父が退職して家にいるように
なってからは、人づきあいも思うようにできないし、耐えら
れなかったんでしょう。夫はいずれ退職する。あれだけ将来
のことを考える母も、そのことは考えていなかったようです。

ノ　男はそういうケースが多いですよね。金を稼いでいると
きは勝手なことを言っていても、退職したら。

クォン　そうですよ。べつに罪を犯したわけでもないのに。

ノ　『土偶の家』で、新妻が月賃*の保証金を借りに伯父の
ところに行くシーンがありますよね？　短編「愛を信じる」
では「彼女」が伯母のところに、遺産を分けてもらう日のた
めに顔見せにいくシーンがあります。

クォン　もう一つあります。短編「あなたは手に届きそう」
（いずれも『私の庭の赤い実』に収録）で母親が息子を連れてお金
を借りに行きます。

ノ　だから私は、幼いころはお父さんの稼ぎが良くて豊かな
生活を送っていたけれど、のちに傾いたんだと思っていまし
た。あるいは銀行にドルを受け取りにいくシーンを脚色した
とか。

クォン　理由はわかりませんが、母が私を連れて２番目の
伯父のところにお金を借りにいったことを覚えています。父

＊　住居を賃貸する際、一定の保証金を払ったうえで毎月決められた家賃を払う制度

の稼ぎがよかったころですよ。バスに揺られて車酔いしなが
らついていったんです。そのことを書きました。母が自分の
夫の兄にお金を借りにいくんですから、小説の材料として面
白いと思ったのではないでしょうか。

新人作家のための方案

クォン 作家としてデビューしたら、授賞式なんかよりま
ずはオリエンテーションをするべきだと、私は思いますね。
ベテラン作家が講師になって、「あなたたちの得る情報は間
違ったヒエラルキーを生む恐れがある」と、大学の新入生に
言い聞かせるように、新人作家のために公的なオリエンテー
ションが必要だと思います。

カフム 試行錯誤を重ねたために、10年を無駄にすること
もありますからね。

クォン 何も書けなくなることだってある。何かトラブルに
巻き込まれたりして。

カフム オリエンテーション、いいですね。

タフム 必要ですよね。

クォン オリエンテーションを任せられる講師はすぐに見つ
かるでしょ。

カフム 避ける場所、サインしてはいけないところなどを前
もって教えたり。

チョン デビューしたあと、情報を得る方法って、誰かに電
話で教えてもらうことだけですよね。それだって確かじゃな
い。

カフム 利用されているかもしれないし。

クォン オリエンテーションをして、新人作家とベテラン作家の間に緊急連絡網を作る。いつでも相談できるように。

カフム 先輩作家とペアになるの、いいな。

ノ デビューすると、そのあとはどうなるんですか。

クォン 何もないです。原稿の依頼が来るのをひたすら待ちます。

チョン いまは僕が新人のときよりたいへんですよ。以前はいろいろイベントや集まりもあって、作家同士、顔を合わせる機会も多かったのに、最近はずいぶん減りましたよね。

ノ じゃあ、何の保障もないんですね。

クォン 喜ぶのはデビューした瞬間だけです。

カフム あとはあちこちに顔を出すだけ。

チョン でもどこに顔を出せばよいのか。

ノ ただ書いていればいいというわけじゃないんですね。

カフム デビューして最初に先輩たちから言われたのは、書くだけじゃだめだってこと。

クォン じっと待っていても、依頼がなければデビューと同時に引退することになるからね。

カフム 僕は新春文芸でデビューしたあと、7～8か月ほどずっと家にいました。どこに行けばよいのかわからなかったから。でもある日、言われたんです。なんで動かないんだって。

クォン 周りの人が言ってくれるのはせいぜい、挨拶回りしろ、ですね。

カフム そう。でもどこに行けばいい?

ノ 評論家とか編集者たちのところ?

カフム でも、そういう人たちが集まるのは授賞式のあとぐらいですよ。忘年会とか。そういうときを狙って挨拶するし

かないですよね。

クォン　知り合いもいないのに押しかけていって、「私は今回どこどこでデビューした誰それです」って言ったところで相手にしてもらえる？

カフム　席を取られたくないから、トイレにも行けない（笑）。

クォン　運良く依頼が来ても、どれも断れない。断ると、うちのは断っておいてあそこには書くんだ、って嫌な顔されるかもしれないから。

カフム　その点、文芸誌は所属感のようなものがありますよね。出版関係者と知り合いになることだってあるし。でも新春文芸は元旦だけです。新聞社もあとは知らん顔で。

クォン　だから新聞社主催の新春文芸より、文芸誌の新人賞の方がずっと人気がありますね。私もデビュー後、1年間は依頼がありました。でも面白くないといううわさが広まって、その後8年間、依頼がありませんでした。そうなるともう書けないんですよ。どうすることもできない。投稿する？誰も読んでくれないのに？　連絡が来るのをひたすら待つしかないんです。

ノ　依頼がなければ書けないんですね。

クォン　書く誌面がないというのは、死を宣告されたも同然です。私も初め、デビューするのは資格を取るようなものだと思っていました。デビューしたあとはずっと小説を書いていけるシステムが整っているんだと。ところが依頼が来なくなって、忘れられるともうおしまいなんです。中堅作家ぐらいになれば人脈はあるから、あちこちに頼むことだってできるけれど、新人にそんなことできますか。

ノ　翻訳家も同じですよ。

クォン　そうでしょうね。流れに乗れなかったり、キャリア

が途切れたりすると。

ノ　1年空白ができると編集者たちに忘れられてしまいます。こういう人がいるんだってことを。

クォン　筆陣としての顔ぶれに自分が入っているかどうかですね。私も思いがけずこのようなインタビューを依頼されると感激です。私もついに軌道に乗って小説だけ書いていればいい身分になったわけですよ。いちおう依頼が来る。忘れられるんじゃないかってヒヤヒヤしなくてもいいくらいの。でもそうなると、小説だけ書いていたい。ほかのことはやりたくなくなるんですよね。

ノ　だから作家たちは熱心にSNSをやるんですね。忘れられないように。

クォン　若い作家たちはけっこうやってますね。お互い励まし合ったり、本が出たらリツイートし合ったり。まずは広めることだから。

チョン　存在しているけれど、存在しているとは言いがたいのが「文壇」という構造なんです。抽象的で。互いに合意したシステムや組織のようなものもないですし。それより、みんなが参加できて信頼できる団体があればいいなあ。でも、それはそれでヘンなのかな。

クォン　ゆるい共同体のようなものがあればいいなと思う。

新人作家が入ってきたら歓迎したり、誰かが亡くなったら哀悼したりするような。でもそれは限りなくゆるいものじゃないといけないんです、範囲が。

タフム 作家の集まりで、少し懐疑的に「いったい文壇って何ですか」って聞いたら、その中の一人がこう定義したんです。僕たちが誰かの話を出したときに、「ああ、そいつ知ってるよ」と言える人たちが集まったところ。それが文壇ですって。

クォン 誰も知らなかったら文壇のメンバーじゃないってことね。

女たちの連帯

ノ 『レガート』ではユ菩薩*とクォン菩薩という住職がいるソンアム寺、『土偶の家』ではイム菩薩がいるウンムン院、それから、「松林の中に」(『ピンクリボンの時代』に収録)の断食院「松の香」の描写を見ると、一つの空間をいろいろ視点を変えて描いてますよね。幼いころの経験がモチーフになっているのでしょうか。お母さんは仏教徒ですか。もしそうなら、どういうきっかけでそうなったのか、それがクォンさんの人生にどんな影響を与えたのか教えてください。

クォン 母は宗教的には仏教に近いですが、仏教徒ではありません。だからそれらの空間と母の宗教とは関係がありません。むしろ私は修道士とか尼僧のようにシンプルな生き方、女たちだけで生きている状況を書いてみたかったのです。特

* 寺の職員、または信者のことを指す

に『レガート』では、逃れたくても逃れられない女たちだけ
の治癒空間を作りたかった。そこでも母と娘の仲は良くない
ですが、第三者であるクォン菩薩が本物の菩薩のような役割
をします。菩薩を思わせる女の人ってときどきいますよね。
苦労ばかりしていた人がある日突然、悟りのようなものを開
く。尊敬するけれど、私にはとうてい真似できません。べつ
に女性の連帯に幻想を抱いているわけではないんですよ。た
だ、そういうものが象徴としてあってもいいかなと思います。

ノ　普通の寺には男性の住職がいますが、ここでは女性が寺
を運営してるんですね。

クォン　そうです。でも女性同士だからって何でもうまくい
くとは限りません。女性たちはまずお互いに興味がありませ
んから。他人の視線、男性の視線に合わせるように飼い慣ら
されているので、女たちだけでいるとかえって自分勝手に振
る舞い、相手のことを考えない、気に入られようと努力もし
ない。正直、女性同士で連帯するのはとても難しいと思いま
す。連帯とまではいかなくても、お互いを一つの共同体とし
て受け入れるためには「傷」が必要なのではないでしょうか。
女たちは傷つくと変わりますから。お互いに傷を探そうとす
るんです。「松林の中に」は、そういう女性たちが集まって
暮らすとどうなるだろう？　と思って書きました。書いてみ
ると、幸せなことばかりではありませんでしたね。個人的に
は憧れますが、決して楽観視はしていません。結果はそれほ
ど理想的なものではないでしょう。

ノ　表面的に見ると、女性たちの連帯はとてもうまく機能し
ているようですが。

クォン　ええ、表面的には。そう教育されてますからね。反
面、男たちはけんかばかり。なぜならみんなが主体だから。

主体ではない女たちは配慮が身に染みついているし、人の顔色をうかがうので、けんかしないんです。でも実際はそうじゃない。自分が劣っている分、相手も劣っていると思う。根強い劣等感が何か問題にぶつかったとき、直面しないように演技するだけ。女性たちはいつも「私が悪かったのかも」と考えますが、それは謙虚でも反省でもありません。自分の判断が正しい場合でも「ううん、ほかの人はそう思わないのに私だけが思うんだから、それに男の人がそう思わないのなら、私の方が間違ってるんだわ」というふうに、自分を疑い、抑えようとします。ところがそうでないのが女性対女性の場合です。「間違っているのはあなたの方」だとはっきり言います。フェミニズムにおいて女同士で言い争っているのを見ると、それは激しい闘いですよ。死んでも正しいのは私、間違っているのはあなただと言い張ります。一見、男たちが争っているのと同じように見えますが、より低いレベルで行われる、いわば権力闘争から押し出された非主体同士の争いなので、より激しく巧妙で、反吐が出そうなほど執拗ですね。

ノ　男たちの闘いは序列を決めるためのものですから、権力を手に入れると有利になる場合が多いですが、女性はそうではありませんよね。序列がないから。

クォン　かといって平等ではないんですよ。近接と迂回によって攻撃と誹謗がなされる、すると大勢の人が巻き込まれて犠牲になる、結局はみんなうんざりして去っていく、という構造ですね。

ノ　そういう葛藤は男には見られませんね。

クォン　そうでしょうね。たとえば嫁姑の葛藤はスリークッションですよ。事態をゆがめて記憶し、誰かを証人にして、誰かとグルになって、男たちが作った意味もない名分に踊ら

される。

ノ　たいていは息子だな。

クォン　そう。舅や息子は「ああ、女ってめんどうくさい、やってらんねえよ」と不平をこぼすけれど、実は彼らは空っぽなんですよ。その空白のために女たちは争いつづける。嫌悪は女から女へと継承されますからね。母親から娘に「自分たちは劣っている」という考えが水のように流れていく。ひょっとしたら母親たちは、自分の娘を劣っていない存在に育てたら娘は危険にさらされるかもしれないことを本能的に知っているのでしょう。

ノ　いまの時代に生き残るには、自分に対する嫌悪感を内面化することですかね。

クォン　もし私に娘がいたら熱血フェミニストにはさせたくないですよ。アカにさせたくないのと同じ意味で。自分に降りかかる危害を防ぐだけならいいですけど、この社会が発展するスピードより先を行くフェミニストにはなってほしくない。危険で悲しい人生になりそうだから。

ノ　表向きは同調していても、身内がそうなるのはためらう？

クォン　そうです。お前は卑怯だと言われても、野蛮な攻撃を受けるのは火を見るよりも明らかなところに、いちばん大切な人を置いておきたくありません。私が女だからかもしれませんが、守られていたいし、愛する人は保護される範囲内に置いておきたい。攻撃されないよう男たちに親切にしろと教え、特に年配の男たちを恐れ、従い、できるだけ彼らの目にとどまらないようにしろと教える。こんな教育法は間違っていますが、それでも昔は女性たちを守る一つの方法でした。怖いものは怖い。名分は恐怖をなくしてはくれませんから。

表紙の写真

カフム　強いイメージがお好きですか。

クォン　はい、好きですね。作家のペ・スアさんの写真*、すてきでした。私にはあんなオーラないけどね。

カフム　先輩は強いイメージ、似合いますよ。

クォン　私は平凡極まりないから、ちょっと強くした方がいいかな、って。

タフム　撮り直しますか。

クォン　いえいえ、平凡でいいです。

カフム　また撮りに出てくるのが面倒だからでしょ？

クォン　そうじゃなくて、私の小説が平凡だから、表裏一体なのがいい。平凡に。

カフム　お宅の近くで撮りましょうか。

クォン　来ないでよ。家の近くまで来ても出ていかないからね。そうじゃなくても明日も予定が入ってるんだよ。今日明日、二日連続で外出するだけでもしんどいんだから。

カフム　よく撮れてると思いますよ。

クォン　うん、よく撮れてると思う。目から血が出そうになっても、瞬きしないで頑張ったんだから。

小説家の仕事と翻訳

クォン　私が二人（ペク・カフムとチョン・ヨンジュン）に言い

＊　『Axt』2018年3・4月号に掲載

たいのは、大学教授になったからってつまんない人間になるなってことかな。小説だけ書いているときは魅力的でも、教授になって数年経つとつまらなくなる場合があるから。だから言ったんです。「あんたたちは作家なんだから、サラリーマンにはなるな」って。

ノ　私はもし給料もらって翻訳することになったら、やらなくなるだろうなあ。作家はもっとそうでしょうね。

クォン　翻訳はそれでも時間を費やせばそのぶん結果が出ますよね。でも作家はどんなに苦しんでも結果が出なければ一銭も稼げない。だから書く前に何か結果が出そうなことをやるんですよ。まずそれをやってからと思うんですが、時間が足りなくなったらそれで終わり。

ノ　私もときどきコラムとか書くんですけど、費やした時間に比べて出てくる結果がぜんぜん違いますね。翻訳は正直なのに。

クォン　そうですね。翻訳は正直でしょうね。

ノ　労働といってもいいですね。

クォン　以前、土地文化館＊に滞在していたとき、翻訳もして小説も書く人がいたんですけど、ここにいる間は小説だけ書こうって決めてたんですって。ところが出ていくときに聞いたら、翻訳ばかりしてたって言うんですよ。理由を尋ねたら、小説を書こうと思って座っていてもうまくいかないから、その時間がもったいなくて、翻訳原稿を引っ張りだした。「じゃあ、これを少しだけ訳してから小説を書こう」と思って始めたところが、翻訳ばかりやっている。あ、これではい

＊　大河小説『土地』の著者、朴景利（パク・キョンニ）を記念して造られた文化施設で、作家たちの創作の場として提供されている

けないと思ってまた小説の構想を練るんだけど、また時間だけが過ぎていく。だからまた翻訳をする……そのくり返しだったそうです。

ノ　それはある意味、創作の苦しみから逃げようとしているんですよ。

クォン　翻訳は逃避するのにちょうどいい仕事ですね。のめり込まなければならないときに、死んでも耐えなければならないときに、人はほかのことに目を向けがちです。そのとき何かがあってはだめなんです。逃げ場を作ってはいけない。だから翻訳と創作を一緒にやるのはたいへんだと思います。ペ・スアさんがすごいのは、それを混ぜてはいけないことをはっきり知っているところです。だから仕事の空間も分けて、それも近いところで分けると混ざるから、韓国とドイツというふうに分けている。そういうのを見ていると、言葉もできないくせに、私も彼女みたいに分けて翻訳の仕事をやってみたいと思ったりします。

ノ　やったことがありますか。

クォン　ありません。

チョン　今日、ある記事に載っていましたが、近い将来なくなる職業の1位が翻訳家ですって。専門家が分析したものじゃなくて、大学生を対象に調査した結果だからあてにならないですけど、面白いですよね。ランクインした職業のほとんどがAIに奪われるそうです。翻訳は違うと思うけどな。

ノ　いや、なくなると思うね。

クォン　実用書はともかく、文芸翻訳はなくならないでしょ。

チョン　ですよね。単語の使い方とかニュアンスがぜんぜん。

クォン　マニュアルなんかはグーグルで翻訳すればいいけど。

ノ　機械の方が人間よりもうまいからじゃなくて、読者の要

求レベルが低くなりそうなんです。少しぐらい間違ってても
まあいいかなって。

チョン　なら人文学はほとんどが該当しますね。

ノ　たいした差はないし、時間と費用はゼロ。それならこれ
くらいの違いなんて、と思うんですよ。小説の中でも文法が
しっかりしていて、テーマさえ変えたら書き直せるようなも
のは危ないと私は思いますね。

チョン　同感です。ストーリー中心の小説は特に。

クォン　作家のスタイルがない小説？

チョン　スタイルとかニュアンスみたいなのが顕著でない小
説。

クォン　表現とか生かさなくていいしね。

チョン　同じシーンやエピソードでも、作家が違うと語彙や
文章を包むニュアンスが違ってきますよね。時にはストー
リーよりも、表現とかスタイルの違い、個性が小説を作るこ
とだってある。でもさっき先輩が言ったように、こういう違
いに価値を置かなければ、作家に期待もしなくなるし、文字
通りストーリーだけが残る。そうなればAIが難なくやって
のけるでしょうね。

クォン　費用の面でもそうだしね。

ノ　読者がその違いに気づかなくなるかもしれない。

クォン　翻訳の良し悪しを見分ける感覚がなくなって、平易
なものに慣れてくると。

チョン　まあでもいまさらはじまったことではないですけ
どね。近代文学の終焉とか、小説の死、オーラの喪失とか、
ずっと言われてきたじゃないですか。

クォン　すでにオーラはなくなったって言われてきたけど、
まだ微量のオーラが残っていたわけね。いずれそれもなくな

るだろうけど。

ノ　そのぶん作家が貴重な存在になるんじゃないかな。作家の重要度というか。

クォン　どうでしょう。

ノ　あ、翻訳のことじゃなくて。私はいずれAIが小説を書くようになると思ってますから。

クォン　小説を？　AIが？

チョン　以前、ある評論家が言ってたんですが、その人は最近AIについて研究していて、専門家たちの意見も聞いてわかったことは、AIが得意な創作分野は作曲、その次がストーリーテリングなんだそうです。つまり話の組み合わせですね。でもその反対に、いちばん苦手なのが小説ですって。ストーリーに肉づけされた作家のスタイルとかニュアンスを言ってるんでしょう。

クォン　個性が必要だからかな。

チョン　そう、個性。これからは個性をもっと大切にしないと、小説はただのストーリーテリングになってしまう。

ノ　読者にいろいろ感覚的な刺激を与えたり、手ごたえを感じさせたり。AIがそれを可能にしたら、市場ができるでしょうね。

クォン　そういうのはうまくやるんじゃないですか。データの量が違うから。

チョン　すでにストーリーテリングのプログラムがあるそうですよ。ストーリーのジャンルをテーマごとに分析して作業するデータのようなものです。葛藤とか、プロットの因果関係、時間の流れを指定すれば、作れるらしいです。

ノ　読者の読書習慣を分析して、それに合うものを作ることもできるだろうな。

クォン ハリウッド映画みたいに。

キム・ソヘ 私はいくら面白くても、機械が書いたものは読みたくないなあ。

カフム でも機械が書いたものだって知らずに読むことはあるかもよ。

クォン 作家のキャラも作ればいい、AI が。

チョン 僕はちょっと想像できませんが、ひょっとしたらうまくいくかもしれないし、それどころか面白いかもしれない。

クォン 性別、趣味、ファッション、すべて設定された魅力的な作家のキャラを作れば。

チョン 話がそれましたが、要は先輩の小説は単純にストーリー中心のものではないということが言いたかったんです。

クォン 私の小説はどうだっていいんだよ。読者もそれほどいないのに AI を試してどうするの。何人かに読ませるためだけにやる？

人の顔が覚えられない

ノ 私とクォンさんに唯一、共通点があるとすれば、人の顔が覚えられないことですかね？

クォン 失顔症かもしれません。

ノ 私は自己紹介をして、ちょっとべつの話をしているうちに、もう名前を忘れている。

クォン 私はそれどころか、名前と顔も結びつきません。

ノ このまえ天才的なコンピューター工学者の本（『仮想現実の歴史』）を翻訳したんですが、彼も同じなんですよ。私もかなり記憶力の悪い方ですけど、実は人と違うものを見ている

とか、ほかのものを記憶しているんじゃないかという気がします。つまりクォンさんも、人と違ったふうに記憶してるのかもしれません。

クォン　私は知らない人に会うと目の前に幕が下りて、それが上がるまで、その人を頭の中に寄せつけない感じです。誰かが私に挨拶しても、次の瞬間、頭の中には何にも残っていないですね。不思議です。中華料理屋でメニューを見たって何か残るのに、人に対してこんなことってあります？　深刻な病気ですよ。

ノ　そういう人は、どこか別のところが発達しているのかもしれませんよ。社会生活をするために。

クォン　そうでしょうね。ところで、私たちが会ったのはこれが初めてですよね？

ノ　はい（笑）。

クォン　でも顔を覚えられない者同士がこんなこと言ってもね。あなたたち二人は以前会ったことあるよ、って誰かが教えてくれても、こっちは何も言い返せませんからね。記憶がないから、ただニコニコするだけです。

ノ　でも私は、クォンさんは、その人を別のところで記憶してるんじゃないかという気がします。そういう記憶が小説のテーマになるんじゃないかって。

クォン　そうかもしれませんね。名前や顔は覚えていなくても、そこに誰がどんなポーズで座っていたかということは覚えているわけですから。その角度やポーズに魅力を感じたら、描いてみたいと思う。なぜ描写したいのか、その中に何があるのか、とあれこれ想像しながら小説を書き始めるんです。

ノ　名前とかその人については、何も言いませんよね。

クォン　そうです。完全に内容のない情報をもらうだけです。

こう言うと、顔には内容があるじゃないか、と言われるかもしれません。でも内容のあるものとないものを結びつけるのも難しいんですよ。それはともかく、私は小さいころから知らない人に好奇心がありませんでした。相手が挨拶したら、ああ、この人の名前はこうなんだって受け入れたら済むことなのに、心の中で早くここを立ち去りたいと思うんです。いちおう失礼のないようにはするけれど。多分私の中に人間関係に対する不安や恐怖があるんでしょう。

アルコールの入ったインタビュー

　ペク・タフム編集長が残りのインタビューは居酒屋でしようと言った。私のインタビューが気に入らなかったのだろうか。酒の席で大騒ぎになって収拾がつかなくなったらどうする？　この前もインタビューを終えたあと2次会に行き、録音機を回したけれど、結局は使いものにならなかった。クォン・ヨソン氏の酒癖がおしゃべりであることを願いながら、場所を移す。

クォン　もしインタビューが終わらなかったら、残りはメールでお答えしてもいいですよね？　そういうこと、これまでもありました？

ノ　いいえ。

クォン　それはそうと、質問リストの最後に「好きな人は？嫌いな人は？」というのがありましたけど。

ノ　ああ、それはやめました。もしかして、いますか？

クォン　なぜそんなことを聞きたかったんですか。何か意図

があるんですか。

ノ　たとえば、クォンさんはどんなスタイル、どんな生き方をしている人が好きだったり嫌いだったりするのか。そういうことを知るのも重要な情報になると思ったんですよ。

クォン　そうですね。たとえば、人間的な短所も長所も抱えつつ、それらをバランスよく保っている人。自分を信じない、人として苦しんでいる、人生に疲れているように見える人。そういう人が私は好きですね。

ノ　そういう人といると疲れませんか。

クォン　いいえ。自分は疲れているのに相手を疲れさせない人。生のバランスを保とうと必死になっているのがそばで見ていてもわかる人。本人は苦しんでいるんだけれど、見ている方は楽しい。面白いじゃないですか。

ノ　（独り言のように）それより、居酒屋に来るとやっぱり雰囲気が違うなあ。

クォン　こんなところでインタビューをするなんて不自然ですよね。

ノ　よく聞こえないし。

タフム　大声でしゃべったことだけが記憶に残っていたりする。

ノ　残ればいいけどね。

クォン　このインタビューの編集者は誰ですか。ここは残そうとか削ろうというのは誰が決めるんですか。

チョン　基本的にお二人です。

ノ　私はほどんど削りませんけど。

クォン　削らない？

タフム　僕が大まかに編集します。

クォン　じゃあ私がここ削って、って言ってもいいんですね？

ノ　クォンさんが削らなくてもいいように話してくれたらありがたいです。

タフム　読者のためにきれいに仕上げないとね。

ノ　突拍子もない話なんか避けた方がいいな。内輪だけの話とか。

クォン　ここまできたらやるしかないね。私の立場は終始一貫「何も話すことはない」なんですよ。目新しい話題はないし、無理やりでっちあげるわけにもいかないし、面白くないままいきましょう。楽しく酒を飲みながら。

ノ　まあ小説で全部話してるんだから、それ以上聞こうとする方がおかしいんですよね。

クォン　そうです。小説の中に全部ありますから。

ノ　私の立場は「小説に書いていないことを知りたいと思う必要がない」ですが、でもインタビューはしないといけないので。

クォン　小説以外に知りたいことはない、ということにしましょ。

ノ　でも読者は小説の外にいる作家について知りたいと思うんでしょう。作家ともっと親しくなりたい、もっといろいろ知りたいと思うから、インタビューというものがあるんですよ。クォンさんはとてもシンプルな生活を送っているので、これ以上何もないと思いますが。

クォン　確かに私の生活はシンプルです。質問リストに「これまでの人生でいちばん大きな出来事は何か」というのがありますよね。とても素朴な質問ですけど、気がついたらずいぶん考え込んでいました。以前の私だったら真っ先に悲しい事件を思い浮かべましたが、いまはうれしかったことを考えているんです。私の人生でいちばん大きな出来事は、いまの

恋人に出会ったこと。これはインタビューに載せてもいいですよ。

ノ　最近出会った人ですか。

クォン　ずいぶん前です。いま人生の重大な出来事について話してるんですよね？　以前だったらまず死を思ったでしょう。友人の死とか、父の死を。でもいまは違います。40歳のころに恋人と出会って、それから14年間ずっと一緒に暮らしているんですが、彼に会ったことがいちばん大きな出来事だと思います。でもよく考えてみると、私がこんなふうに考えるようになったのは大事件ですよ。「私も変わったな。50を過ぎてようやくうれしいことを考えるようになった。歳をとるのも悪くない」と思うこと自体、私の人生におけるいちばんの事件です。それはそうと、今日はいろいろ話しすぎました。こんなに話したら、あとでうつ病になるかもしれない。

ノ　私は酒を飲んで記憶がなくなったら、翌日になって、どうしてあんなことを言ったんだろうって思います。

クォン　記憶がないのに思い出す？

ノ　じっくり思い返すと、いろいろミスってるんです。

クォン　それくらいなら事故じゃないですね。

終わりに

ノ　このインタビューに備えて3日間、クォンさんの本ばかり読みました。

クォン　ここにあるの、全部読んだんですか。そこまでしなくても。最新作だけでいいのに。

ノ　とりあえず、ここに持ってきた本は全部読みました。

クォン　お疲れさまです。

ノ　クォンさんについて知るためには本しかないですからね。

クォン　ほかの作家のインタビューはどうなんですか。プライベートなことをもっと知ってたとか？

チョン　キム・ヨンスさんのときも同じように本を読みましたよね。

ノ　ただ彼の場合はマラソンをしているとか、そういう情報はありましたね。

クォン　それだったら私にもありますよ。

ノ　何ですか。何があるんですか。

クォン　私もこれまで何度かインタビューを受けたから、探せばいろいろ出てくるはず。

ノ　探してみましたが、インタビューはあまりなかったですよ。

クォン　それで十分でしょ。

チョン　マラソンは出てきませんか。

ノ　小説を書く以外に何もないんだ。あるのは小説だけ。

タフム　まさか。

クォン　そのまさかよ。私は小説家のほかに何にもないんだから。

タフム　いや、何かあるでしょう。

チョン　うーん、僕が思うに、クォン先輩は小説家というキャラクター以外に何もないですね。あ、酒飲み？

クォン　そうよ。でもお酒の話はもう十分したし、ほかに話すことないんだよね。あるとしたら、さっき話したスタークラフト。

チョン　（遅れて来たので聞いていなかった）え？　スタークラフ

ト？　僕がいたら 30 分は話したのに。種族は何ですか。

クォン　私はテラン。あんたはザーグ＊?

チョン　はい、ザーグ。

クォン　そうだと思った。

チョン　タフムさんは？

タフム　プロトス＊。

クォン　おお、なんか人間がわかってきたぞ。

チョン　主なビルドは？

クォン　ザーグとならマリーンだね。

タフム　バイオで？

クォン　そう。入り口塞いで。

ノ　ザーグでテランに勝てるの？

チョン　テランはみんなザーグの餌食だから。

クォン　最近 ASL シーズン 5、やってるの知ってる？

チョン　ああ、またやってるみたいですね。ネットカフェに行ったらみんなやってた。

クォン　でもマップがテランにすごく不利だよね。ザーグがプロトスをやっつけるマップだから、16 強にテランが二人しか上がれない。

チョン　今度一緒にやりましょうよ。

クォン　スタークラフトが好きな作家たちをみんな呼ぼう。多分ザーグがいちばん多いよ。

チョン　ザーグはまめだから。

タフム　ザーグがまめ？

クォン　安っぽくない？

....

＊　エイリアン
＊　宇宙人

チョン　僕は大学のとき、ゲームばかりしてたんです。小説を書く前は、漫画喫茶とかネットカフェとかを転々として。

タフム　お前はいつも過去形だよな。俺は現在形だぞ。

チョン　僕も先週やりましたよ。晋州（チンジュ）で友人と。

　　　心配していた通り収拾がつかなくなり、用意していた質問の最後の二つを聞けなかった。インタビューの最後をかっこよく締めたかったのに、先週、晋州でスタークラフトをしたという文章で終わってしまった。なんてことだ。仕方なくメールで聞くことにした。クォン・ヨソン氏は何と答えるだろう？

　ノ　記憶を捨てたら身が軽くなるような気がします。短編小説「タンキリマメが煮えているあいだ」（『ピンクリボンの時代』に収録）でキム・サンウクが言ったように。「そうして記憶の風呂敷が恐ろしいほど軽くなり、とても人間とは思えないような種族を指す名前を、サンウクはこのまえ本で見つけた。その名はボボク、またはボボボクだった。（……）たとえば墓の中に、ほぼ完全に腐敗した死体があるとしよう。肉体は腐っているけれど、意識は数週間に一度、あるいは数か月に一度戻ってきて、いきなり何やらしゃべりだす。耳を澄ませると、意味はわからないけれど、ボボク、ボボボクと言っている。もちろん特に意味はない。生の彼方にある、いや、生の内部にもあるかもしれない、そんな凄絶で無意味な空白をボボクというのなら、サンウクは自分のボボクについてどう思っているのだろう。もしかしたら人は皆、自分のボボクを知るために退屈な一生を送っているのかもしれない」。小説を書いていると、自分の中のものを消耗するような感じがし

ますか。クォンさんにとってボボクとは何ですか。

クォン　消耗しますね。恐ろしいほど使い果たします。あと、自分のボボクなんてわかるはずないでしょ。死なないとわからないんだから。

> 「なのにそんなときこそ、自分が生きていることを強く実感する。これが生きているってことなんだ、と。ほかの作家もそうだろうけれど、だから豆を煮るように小説を書くのだ」

これは冒頭の引用文のすぐ後ろにつづく文章だ。小説家にとって、小説を書くというのは生きているという意味なのだ。次は最後の質問だ。

ノ　小説を書きつづける原動力は何ですか。

クォン　原動力ではなく、慣性です。いままで生きてきたからこれからも生きていく生命体の慣性のように、いままで書いてきたからこれからも書いていく。ここでいう慣性は、惰性ではなくて、持続の条件と意志を持って進んでいくという意味です。いずれにしても、私の生活はまだ小説の慣性が作動するように構造化されています。いつかは私の内面も消耗され、この構造も崩れてしまうでしょうけど。いまのところは大丈夫です。

2018 年 4 月 2 日
ソウル市麻浦区西橋洞で
（『Axt』 2018 年 5・6 月号掲載）

クォン・ヨソン（権汝宣）

1965 年、安東生まれ。ソウル大学国語国文学科修士課程修了。1996 年、長編小説『青い隙間』で第 2 回想像文学賞を受賞しデビュー。短編集に『ショウジョウバカマ』、『ピンクリボンの時代』、『私の庭の赤い実』、『カヤの森』、『春の宵』（橋本智保訳、書肆侃侃房）『まだまだという言葉』があり、長編小説に『レガート』、『土偶の家』、『レモン』、エッセイ集に『クォン・ヨソンの今日何食べる？』がある。呉永寿文学賞、李箱文学賞、韓国日報文学賞、東里文学賞、東仁文学賞などを受賞。

インタビュアー　ノ・スンヨン（盧承英）

46 頁参照。

翻訳　橋本智保（はしもと・ちほ）

1972 年生まれ。東京外国語大学朝鮮語学科を経て、ソウル大学国語国文学科修士課程修了。訳書に鄭智我『歳月』、千雲寧『生姜（センガン）』（いずれも新幹社）、李炳注『関釜連絡船（上・下）』（藤原書店）、朴婉緒『あの山は、本当にそこにあったのだろうか』（かんよう出版）、クォン・ヨソン『春の宵』（書肆侃侃房）、ウン・ヒギョン『鳥のおくりもの』（段々社）、キム・ヨンス『夜は歌う』（新泉社）などがある。

「クオン インタビューシリーズ」は、
さまざまな芸術の表現者とその作品について、
広く深く聞き出した密度の高い対話録です。

クオン　インタビューシリーズ 01

韓国の小説家たち I

2020年10月15日　初版第1版発行

著者	イ・ギホ、ピョン・ヘヨン、
	ファン・ジョンウン、キム・ヨンス、
	クォン・ヨソン、ノ・スンヨン、
	チョン・ヨンジュン
翻訳	呉永雅、きむふな、斎藤真理子、
	清水知佐子、橋本智保
編集	清水知佐子
装丁	大倉真一郎
DTP	安藤紫野
印刷・製本	大盛印刷株式会社
発行人	永田金司　金承福
発行所	株式会社クオン

〒 101-0051
東京都千代田区神田神保町 1-7-3
三光堂ビル 3 階
電話 03-5244-5426
FAX 03-5244-5428
URL http://www.cuon.jp/

『Axt（アクスト）』は、2015 年 7 月に創刊された韓
国の文芸誌（隔月刊行）で、写真をたっぷり使った
ビジュアル誌のような構成で注目を集めています。
メインの特集は、いま話題の小説家へのロングイン
タビューで、小説家が小説家にインタビューすると
いうコンセプトで企画されています。